張小嫻

AMY CHEUNG

愛情王國

Love

張小嫻
散・文・精・選
我可以不愛你。

目錄

PART ONE 你——可以——愛我

我有我的尊容 10
你可以愛我 12
我不會等到那個境地 14
忘記了寂寞 16
被愛的條件 18

PART TWO 人生——最好的——相逢

兩個身材不好的人 54
人生最好的相逢 56
不要你懷念她 58
你想我知道的 60
喚起了的記憶 62
☆？◎＜ε π＞Φ Ω α β…… 64

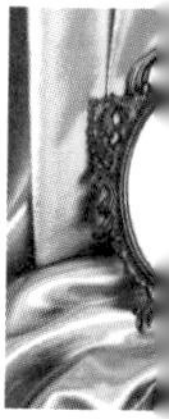

我不想怎樣 20
你是為了什麼而活著？ 22
不怕回家吃自己 24
虛幻的安全感 26
為誰而發憤 28
我對自己說謊 30
你適合結婚嗎？ 32
靠自己，也靠男人 34
我好怕…… 36
無法假裝不在乎 38
不要討厭自己 40
身上的地獄 42
高傲地發霉 44

不要代替任何人 46
與自己相逢 48
歸宿何處 50

苦澀的聯想 66
計算機都打碎了 68
三個人的愛情 70
被愛比愛人幸福 72
愛情的潔癖 74
鐘形曲線 78
愛情是很短暫的嗎？ 80
在蒼茫人世尋找那一半 82
愛情的感覺 84
十年之後，我還是會愛他 86

PART THREE

我——想聽——甜言蜜語

希望你不要太介意 90
我想聽甜言蜜語 92
愛的銷魂 94
唯獨不吻那裡 96
你無辜的眼睛 98
他不會永遠俯伏在你跟前 100
腳踝上的鐵球 102
下一次，不要進入我心深處 104
別這樣，會讓人看到的 106
真的只有一次？ 108
為什麼男人有那麼多壓力 110
狡猾的沉默 114
一支永遠不會完的歌 116
沒有你，我也可以過日子 118
沒有愛之後的性 120
一厘米一厘米的介意 122

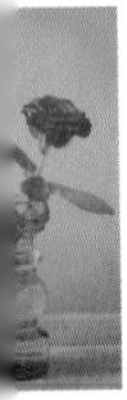

PART FIVE

愛——會——重來

情人的卡路里 166
你的分手權 168
LAST ORDER 170
他都不愛你了 172
施捨一個懷抱 174
明年今日，也許不是他 176

PART FOUR

總是——有——遺憾

只要看到女人哭 126
總是有遺憾 128
期待的落空 130
不要看著我換衣服 132
離不開的背景 134
被揮霍的愛情 136
只是一個心願 138
不一樣的願望 140
根本沒得選擇 142
美麗而遙遠的信念 144
不要兌現的承諾 146
再也無覓處 148
逝去的願望 150
上帝很會擲骰子 152
愛裡的嘲諷 154
借來的男人 156
在空中迴轉的走馬燈 158
和你發生關係 160
我們的信鴿 162

失戀後的一場大病 178
情人的手錶 182
失敗的劊子手 184

告訴自己不要找你 186
98%死心 188
不是怎樣，是必須 190
愈來愈輕盈 192
就是有點可惜 194
不會再遇上 196
留在身上的習慣 198
就是這一句了 200
床上的賞味期限 202
告別的方式 204
總會有終結 206

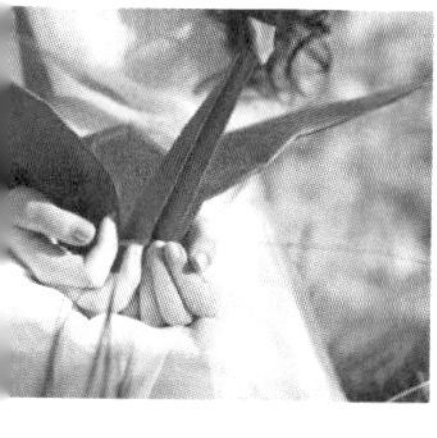

PART ONE

你可以愛我

我有我的尊容

那天，我跟一個朋友在街上碰到我的一位女朋友。我很久沒見她了，打過招呼之後，我和我的朋友繼續往前走。

我隨口說：「她還沒有結婚。」

他說：「她還是不要結婚的好。」

「為什麼？」我奇怪。

「她那副尊容，結婚之後，還不是要給老公打？是不結婚的好。」

我這位朋友，一向宅心仁厚，忽然說出這麼刻薄俏皮的說話，嚇了我一跳。那麼，我也只好相信，他並非刻薄，他也是出於一片好心。

有些女人無論如何也要一嘗結婚的滋味，好歹也要嫁一次。為了嫁出去，她們不惜紆尊降貴，忍氣吞聲。那個男人不見得有什麼好，也不是對她好，為了能夠結婚，她什麼也不管。結婚之後，他果然對她不好。

為什麼要嫁給一個不值得嫁的男人呢？結婚並不代表從今以後有一個男人愛護你。他婚前對你不好，婚後也不會對你好。

如果他只值三十分，為什麼我要接受他呢？

是的，我不漂亮。但是，只要我一天不結婚，也不去強求的話，沒有男人可以欺負我。我有我的尊容，更有我的尊嚴。

你可以愛我

二十歲的時候，我們總以為自己的將來是簡單而幸福的。我們問自己愛的那個男人：

「將來你會娶我嗎？」

看見他點頭，我們感動得掉下眼淚來。

二十五歲的時候，我們身邊換了另一個男人。當他問：

「你會嫁給我嗎？」

我們只是微笑看著他眼睛的深處。這個問題太傻了。誰知道將來的事呢？

我們想起，在更年輕的時候，我們不是也問過身邊的男人類似的問題嗎？原來我們也曾經這麼傻。

三十歲的時候，我們身邊又換了一個人。可是，我真的怕他向我求婚。除了愛情，人生原來還有很多值得珍重和值得我們為之奮鬥的東西。我才不要結婚、生孩子，然後帶孩子，這不是我要走的路。

三十五歲的時候，忽然有人向我求婚，我會微笑著說：「現在這樣不是很好嗎？」

四十歲的時候，我們重新去反省，到底什麼是愛？我愛你的話，我會給你自由，讓你也去愛其他人，只要你最愛是我，我便會感到幸福。

五十歲的時候，母性發作，真的希望有一個年輕小伙子問我：「你會嫁給我嗎？」

我不嫁給你，但你可以愛我。

我不會等到那個境地

有人會說：「雖然他心裡愛著別人，但我會一直的等他。」

既然他愛著別人，那為什麼還要等他呢？

他們回答說：

「因為愛呀！」

我永遠不會等一個不愛我的人。這種等待，誰知道要等多久？誰知道會不會有完美的結局？

為一個不值得的男人等待，是浪費青春。為一個愛我的男人而等待，才是有價值的。

常常有人問：「我還要等下去嗎？我身邊有許多誘惑。」

那你到底有多愛你等的那個人？

所有身邊的誘惑是不是比不上遙遠的思念？

等一個不愛自己的人，是愚蠢的。他並不知道你在等他。即使知道了，他只會憐憫你，甚至無動於衷。

我為什麼要等你呢？你甚至不會思念我。

在加西亞．馬奎斯所著的《愛在瘟疫蔓延時》一書裡，阿里薩等他所愛的女人費爾米納等了五十三年七月零十一個日日夜夜之

遙。當他們終於可以親熱時，兩個人都已經雞皮鶴髮了。我絕不會讓自己等到這一天。即使是等自己最愛的人，我也只能等到我的皮膚失去彈性之前。如果你愛我，你不會捨得讓我等到這個境地的。

忘記了寂寞

年紀小的時候，很不能夠忍受寂寞。明明不喜歡一個人，也會找他來陪陪吃飯，陪陪逛街，總比一個人對住四面牆說話好。

那時候，我有一位很能夠忍受寂寞的朋友。問她：「你是怎麼做得到的？」她一臉茫然。她做得到，因為她根本不寂寞。她對寂寞沒有感覺，而不是超越了寂寞。

後來，長大了一點，比較能夠控制寂寞。寂寞的話，早點上床睡覺吧。即使有人願意相陪，因為不喜歡他，還是寧願自己一個人。

跟一個自己不喜歡的人一起，只會更寂寞。

你並不會因為寂寞而愛上一個你本來不愛的人，你更不希望如此。

況且，人大了就會比較為人著想。人家滿懷希望來陪伴你，是因為喜歡你。找人去填補自己寂寞空虛的時間，未免太不厚道了。見面多了，他對你有了期待，那便是一種負擔。

我並不想背負這一種期待，我只肯背負我愛的人對我的期待。人沒法忍受寂寞的話，就是管不住自己。

現在比從前又大了一點，不單能夠忍受寂寞，而是能夠與寂寞共處。

法國哲學家帕斯卡說：「人的所有不快樂，都是因為他無法獨自待在房裡。」

我們害怕寂寞，是因為無法忍受孤獨。

然而，當你年長一點，你會學懂去享受孤獨，正如你學懂了沉默。

沉默，讓你能夠聽到更多的聲音。而孤獨，讓你聽到自己的內心。那一刻，你已忘記了寂寞。

被愛的條件

曾經有一段日子忙得天昏地暗，把自己關在家裡寫稿。每天的午、晚餐也是自己做的，為求方便，菜都是在附近超級市場買的，有鰻魚、番茄和茄汁焗豆。

最初的一個星期，每餐都吃這些菜，覺得很滋味。第二個星期，開始受不了。看到冰箱裡的鰻魚，寧願捱餓也不想再吃，更不要說番茄和茄汁焗豆了。

山珍海味也會吃厭，何況我吃的不是山珍海味？我很擅長吃厭一種食物。天天吃，結果突然從某天開始，以後也不想再吃同一種東西了。

大部分人也不想天天吃同樣的菜，何以我們又可以年年月月對著同一個人？

生厭，好像是人之常情。不對一個人生厭，是要雙方努力的。人畢竟不是食物。食物已經烹調好了，不會再有什麼變化，也不會有什麼進步。人卻可以不斷被發掘。

愛一個人，因為你每天也能從他身上發掘一些東西，或發掘到彼此相似的地方。愛過一個人，許多許多年後，我無意中發現我們

我不想怎樣

曾經以為，最可怕的事情是不知道對方想怎樣。
他心裡到底在想什麼呢？他愛我還是不愛？他愛誰多一點？
他想和我一起嗎？他說的都是真話嗎？
他希望我怎樣？
他的將來，有沒有我？
但願我能知道他心裡所想的一切，我便用不著如許徬徨。
當我實在猜不透的時候，我只好問：
「你到底想怎樣？」
他的答案模稜兩可。自此之後，我發誓我要好好地愛自己，不再苦苦猜測對方想怎樣。
然而，有一天，我才發現，不知道自己想怎樣，才是最可怕的。
你問我到底想怎樣，我自己也不知道。
我從來不曾這樣失去方寸。我不是想拖延，也不是想騙你，我的確不知道自己想要什麼。
你苦苦追問，我還是沒法給你一個滿意的答案。這一刻，我猛然醒悟，當天我問別人「你到底想怎樣？」的時候，我是多麼的年輕。

年輕的好處，是可以輕易把責任推在別人身上。原來，當我們長大了，不再那麼年輕，才頹然發現，最可怕的，不是任何人，而是自己。

你是為了什麼而活著？

有沒有想過你是為了什麼而活著？

為一個夢想而活著？

為自己而活著？

為一個你喜歡的人而活著？

許多女人是為自己喜歡的人而活著。那不是說，沒有他，她就會死；只是，沒有他，她活著就沒有任何有意義的目的。

他有才華，但是還沒有好的機遇，她在經濟和感情上支持他。他的理想，就是她的理想。她是為他的夢想而活著。她本身很平凡，沒有才華，她能做到的，就是無休止的付出。一旦他懷才得遇，她的生命就變得有姿采。

他有才華，而且也有好的機遇。他是她最引以為榮的成就。他的成功，就是她的成功。她是為了一個這麼出色的人而活著。她相信自己是世上最幸福的人。萬一他愛上了別人，她就失去活著的目標。

曾幾何時，我們為一個人而活著。他的喜怒哀樂，就是我的喜怒哀樂。沒有他，就等於沒有了自己。為一個人而活著，也許是幸

不怕回家吃自己

在書店裡無意中看到一本翻譯書，書的名字很幽默，就叫《不怕回家吃自己》，書裡提供了四十個方法，教人如何在經濟不景氣之下保住飯碗。

我沒仔細看。然而，自保的最好方法，也許便是「不怕回家吃自己」吧？與其委曲求全、減薪、或者要出賣同事來保住自己，回家吃自己，則有尊嚴得多了。任何人也有可能要回家吃自己，得意的時候，我們就該有心理準備。回家吃自己，需要有這些條件：

足夠的積蓄。

自信。

才幹。

容易滿足。

這四個條件都有了，你隨時可以瀟灑地跟上司說：「我才不怕回家吃自己！」

工作如是，愛情也如是。我們習慣了跟一個人相處，也許是害怕寂寞和孤獨，可是，當這段感情的賞味期限已經到了，當對方的態度愈來愈差勁，甚至有點不可一世，以為你不能沒有他，那麼，

你也不該害怕回家吃自己。

能夠勇敢地回家吃自己，是一種自持。

從此以後，你自己吃飯、自己生活、自己愛自己，不再仰人鼻息。

所謂尊嚴，便是能夠高傲地跟一個不愛你的人說：「哼！我才不怕回家吃自己！」

虛幻的安全感

安全感是一件很奇怪的事情，它與你擁有的東西之間也許無法掛鉤。

我有一位朋友，他兩袖清風，不算年輕了，工作不怎麼如意，將來也不會有退休金。可是，他就是很有安全感。他一點也不擔心明天的生活，更不會擔心年老無依。你奇怪他為什麼會那樣有信心，他也說不出理由。

每次看到他，我也自嘆不如，我的安全感跟他相比，實在是少得可憐。

有時候，我會笑他：「沒有女朋友，你不擔心年老失禁時沒人照顧嗎？」

他會說：「為了害怕年老失禁而去找一個女人，萬一我到時候不失禁怎麼辦？」

我勸他不要花太多錢，他會樂天地說：「我總有辦法還錢的。」

有這樣一個情人應該不是好事，有這樣一個朋友卻很不錯。他讓你明白，當一個人沒有什麼可以失去的時候，他反而有安全感。

他會反過來問我為什麼沒有安全感。

每個人都有最害怕的事情，有人害怕沒錢，有人害怕老，有人害怕沒有健康，有人害怕沒有權力。我不怕沒錢，因為從小到大，當我需要錢的時候，剛好就有錢。衰老是沒得怕的，我怕的是孤獨終老。

朋友說：「你應該不會吧？」

怕就是怕，沒得解釋的。我們一輩子努力去尋找安全感，我們所鍾愛的人將會死亡、疾病、衰老和變心。我們所擁有的一切也將會毀壞。

可是，一天，我們才發現，安全感也同樣會消逝。它不過是幻象，我們從來不曾擁有它。

為誰而發憤

你會不會為一個男人而努力自己的人生？

我從來不知道我有一位那麼深情的朋友。認識她的時候，雖然她的才華已經受到賞識，但是，她的生活還不是過得很好，她的世界也很灰。這兩年來，她的事業突飛猛進，也賺了很多錢。我們住在兩個不同的城市。有一年，我去找她的時候，她搶著請我吃飯。我取笑她：

「你現在是不是賺到很多錢？」

那一刻，她竟然打從心底笑出來。

之後那年，她來香港找我，她的事業又跨進了一大步。她的世界也多了很多歡笑。

這天，從她的朋友口中，我才知道，這些年來，她所做的一切，都是為了一個已經跟她分了手的男人。

她要努力，要成功，那樣就可以向他證明她是他愛過的女孩子之中最好的。雖然大家沒有再聯絡，然而，他會知道她現在有多麼的出色。

那個朋友問我：「你有沒有曾經為了一個男人而努力？」

記憶之中，我是沒有的。然而，能夠為一個男人而努力，那畢竟是好的。起初，你是為了要他後悔而努力，當你漸漸邁向成功，你是為了你自己而努力。只要成功，當初是為了誰而發憤，也不重要。

我對自己說謊

女孩在電話裡跟相戀四個月的男朋友說：

「我愛你！」

男人聽了之後，卻說：

「不可能的！」

她問：「為什麼？」

他說：「我們相識的日子這麼短，你怎可能愛我？」

她很傷心，她認為他的潛意識裡是不愛她的。因此，當他聽到她說愛他時，他覺得不可能。

她想，這個男人是永遠不會愛上她的吧？

每個人所信仰的愛情也有一點分別。兩個人能夠相愛，是因為大家信仰的愛情相同。有人認為愛情是電光石火之間的感覺，暫短如每夜星星閃亮的時光；以後的日子，也只是感情。有人相信愛情是悠長的，是禁得起歲月考驗，也是由歲月來凝練的。愛情裡包含照顧、了解和責任，是人間相伴。

假如她男朋友信仰的是第一種愛情，他會說：「我也愛你！」

他說：「不可能的！」因為他信仰的是第二種愛情。四個月的

你適合結婚嗎？

女人對適婚年齡都很敏感。什麼年齡才是適婚年齡？大概是從二十七歲或二十八歲開始吧？一旦到了三十五歲或三十六歲，就不是適婚，而是過了適婚年齡。好些女人結婚的原因是：「已到了適婚年齡。」

我覺得很奇怪。適婚年齡是誰定下來的？世上沒有適合結婚的年齡，只有適合生育的年齡。女人過了三十歲，就成為高齡產婦。到了更年期，就不能生育。然而，如果你不打算要孩子，根本就不必在適合生育的年齡結婚。醫學進步，四十歲生頭一胎也不是問題。到時候，人生閱歷多一點，經濟好一點，也許更適合帶孩子。

女人並沒有適婚年齡，只有適婚心態。沒有法例說三十歲就一定要嫁人。若心境未成熟，對感情的態度也未成熟，還是不要結婚的好。女人常常以為男人在婚後會改變，又以為婚姻是兩個人的事。結婚之後，她才知道婚姻並非她想像的那樣。不如等你經歷多一點，才去結婚吧。

男人既沒有適婚年齡，也沒有適合生育的年齡。只要他夠強壯，他到了九十歲還是可以生孩子的。

男人也需要有適婚的心態，但他們更需要的，是適婚的銀行存款。

靠自己，也靠男人

很多現代女性提倡女人應該靠自己，不該靠男人。靠男人有什麼不好呢？有一個男人可以依靠，是一件很幸福的事。

我贊成女人要靠自己，但是如果她想靠男人，也不是什麼罪大惡極的事。最好的生活方式，就是我喜歡靠自己的時候就靠自己，我喜歡靠男人的時候就靠男人。

我會用自己的錢創業，我不需要你的錢，但是萬一創業失敗，我希望你會養我。

我會努力工作，花自己的薪水，不用你養我。但是有一天，當我討厭我上司，當我不想再上班，我希望你會暫時照顧我。

我有自己的理想和目標，縱使多麼困難，也不用你暗中幫忙。但是如果我累了，我希望你會溫柔的對我說：「你可以依靠我。」當我疲倦和迷惘的時候，我絕對需要你的忠告和扶持。

你不用照顧我的家人，他們的經濟問題是我一個人的問題。但是當我疲倦的時候，我希望你會說：「你的家人就是我的家人。」

我又被人騙了，已經不是第一次，雖然你很生氣的罵我：「什

我好怕……

我好怕會飛的蟑螂，可是，要失戀的話，我寧願同時被三十隻會飛的蟑螂襲擊。

我好怕老鼠，可是，要失戀的話，我寧願跟三隻老鼠一起被鎖在一個木箱子裡。

我好怕貓，可是，要失戀的話，我寧願跟一隻大花貓綁在一起。

我好怕又大又兇的狗，可是，要失戀的話，我寧願被一頭又大又兇的狗監視著。

我好怕蜘蛛，可是，要失戀的話，我寧願放一隻蜘蛛在頭髮裡。

我好怕壁虎，可是，要失戀的話，我寧願讓一條壁虎在我的臉上爬。

我好怕蜥蜴，可是，要失戀的話，我寧願跟蜥蜴接吻。

我好怕吃蠍子，可是，要失戀的話，天蠍座的我，還是會一邊哭一邊吃蠍子的。

我好怕聽到用刀和叉子在一只碟子上劃出的聲音，可是，要失戀的話，我會寧願連續一小時忍受這種刺耳的聲音。

我好怕失戀，可是，要失掉尊嚴的話，我寧願失去你。

無法假裝不在乎

朋友連續三個週末的深夜進了醫院急診室，腸痛把她折磨得死去活來，卻找不出痛楚的原因。三個星期後，當她完成了手頭上的工作，腸痛也突然消失了，她才發現，疼痛也許是因為壓力。

認識她許多年，從來不知道她是個受不住壓力的人。她總是嘻嘻哈哈，看來滿不在乎的樣子，原來是假裝的。

「其實我是在乎的，但我不想讓人知道。」她說。

有些人很在乎自己的表現，也很在乎別人的評價，卻老是裝出一副瀟灑的模樣，既可以欺騙自己，也可以欺騙別人。我們總是覺得，太在乎便不好看了。

我比較簡單，你看到我表面上有多在乎，我心裡便是有多在乎，不會多一點，也不會少一點。不會假裝，也許是不好的。

面對一個人，想假裝不在乎他，卻無法演得收放自如，一舉一動，都讓他看出來了。

自己不會假裝，於是也以為別人不會假裝，覺得對方不緊張我。直到一天，要他親口說：「我是很緊張你的。」我才恍然大悟。

不要討厭自己

有人問：「你討厭自己嗎？」

我為什麼要討厭自己呢？我從來沒有一刻討厭自己。我曾經討厭現實、討厭身邊的人、討厭我愛過的人；可是，我不討厭自己。

我可以避開我討厭的人。然而，無論我多麼討厭自己，我每天還是會從鏡子中看到自己，我還是要跟這個我長相廝守。那樣的話，討厭自己又有什麼意思呢？倒不如努力去喜歡自己。

討厭自己的話，什麼事也做不成。若我不被人所愛，並不是我討厭。若我沒有成功，也不是我討厭。一個惹人討厭的人，是因為他做的事情太討厭。

討厭自己，是多麼的悲涼。

那人說：「沒有討厭過自己的人，是幸福的。」

她是討厭過自己的吧？

我也有不喜歡自己的時候，但是，那還不至於討厭。永遠不要因為別人對你所做的事而討厭自己。

身上的地獄

西班牙電影《沒有最後一課》裡，小男孩望祖跟老師談到死亡的問題。望祖害怕地說：「我爸爸說，人死後會有審判，有人會下地獄。」

老師問望祖：「你認為呢？」

望祖說：「我害怕死。」

老師定定的看著望祖，說：「這個秘密，我只告訴你一個人。」

望祖留心地聽著。

老師說：「冥界並沒有地獄。」

望祖詫異地張著嘴巴。

老師說：「憎恨和殘酷便是地獄。有時候，我們便是地獄。」天國與地獄，也許不是在我們的頭頂和腳下，而是在我們自己身上。

沒有一個上過天堂的人回來報導天堂的情況，也沒有人從地獄回來告訴我們地獄是怎麼樣的。我們相信有天堂，是遙遠的指望。我們相信有地獄，是為了約束自己。

高傲地發霉

跟舊同學見面，她剛剛失戀了。

「我本來不愛他的，後來不知怎麼愛上了，現在竟然是他不愛我。」

故事通常是這樣的。你原本是不在乎的那個，到頭來卻是你不被對方在乎。

「認識他許多年了，一直是朋友，作夢也沒想過會喜歡他。一天，發覺他身邊有其他女人出現，我突然覺得我會失去他，然後，我愛上了他。」她說。

也許，她並不是真的那麼愛他，她只是不想失去一個忠誠的守候者。

有一個男人很喜歡你，對你千依百順，每天也打電話跟你聊天，你知道他的心意，但你就是沒法愛上他。可是，有一陣子，他忽然不再打電話給你，你開始覺得不自在了。不自在的時候，你懷疑自己其實是愛他的。你愈想愈覺得自己開始思念他。當電話的鈴聲再次響起，你馬上用戀人的語氣跟他說話。

這是愛，還是我們不甘心失去一個追求者？

為什麼會在他不再忠誠的時候才發現自己愛他？我們只是不習慣孤單一個人，在電話機旁邊發霉。於是，就糊糊塗塗地愛上對方，從此失去了優勢。

我寧願高傲地發霉，也不要委屈地戀愛。

不要代替任何人

女人傷心地說：「我和他一起許多年了，可是，我知道他心裡仍然懷念著逝去的妻子。我是沒法代替她的。」

那就不要代替她好了。

不要渴望自己可以代替別人。當自己沒法代替另一個人的時候，也不要因此而悲傷。你是你自己，你用不著代替任何人。

也許，在這個男人的回憶裡，你還沒有勝過他逝去的妻子；然而，你勝過她的，是你活著，而她卻不可能復生。

是誰陪著這個男人度過以後的每一天呢？是誰在他沮喪時給他安慰，又是誰分享他的成功和快樂呢？是你。

當我們發覺自己沒法代替另一個女人時，我們難免感到沮喪。然而，當我們發覺自己不需要代替任何一個女人，我們便會豁然開朗。

想代替另一個人，這是多麼傻的想法！

要代替別人，是吃力的。要做自己，容易許多。他愛你，因為你是你，不是因為你是他亡妻。

你死了，他同樣會懷念你。你還活著，所以你會懷疑。

與自己相逢

跟朋友逛街，看到一條很漂亮的深藍色半截裙，正想買下來，朋友說：

「類似的裙子，你不是已經有很多嗎？穿上之後，人家也不會發現這條裙子是你新買的。」

她說得沒錯。可是，我們不是常常買款式類似的衣服鞋襪嗎？起碼，在一段時間裡，除了一、兩件流行的款式外，其他的衣服，都是差不多的。

有時候，我們歡天喜地買了一件新衣，回家之後，才發現自己已經有類似的。

人的品味會進步，基調卻不會有很大的改變。

我從小到大也喜歡簡單的衣服，只是現在和小時候喜歡的顏色有一點分別吧。朋友的櫃子裡，全是款式很接近的鞋子。有些人，一生幾乎都是買同一類套裝。

衣服鞋襪，以至一個人的家，都是自我的延伸。當你喜歡一樣東西，是因為它酷似你，也最能代表你。

購物也好，戀愛也好，都是人與自己相逢。有些人會一輩子愛上同一類人，自己卻渾然不知。我們喜歡的一切，也許自三歲起已經大致上確定了。然後，我們尋尋覓覓，重遇散落在天涯海角的自己。

戀愛和購物，就像欲望一樣，目標不是追求滿足，而是延長。

歸宿何處

有位朋友，還有幾年便四十歲，至今仍然獨身。自從四年前跟男朋友分手之後，她便再沒有遇到稱心滿意的人了。最近，她跑去算命。

我笑笑問她：「算命的有沒有說你什麼時候出嫁？」

「他說我四十歲會有機會。」她說。

接著，她又嘆了口氣，說：「算命的，通常會騙你八到十年。」

「他這一次不會騙你了！」我說。

她很驚訝，問我：「你怎麼知道的？」

我並不是會算命。可是，換了我是算命的，也會說她到四十歲有機會。騙她十年，即是差不多五十歲，哪個客人聽了會相信？

「找歸宿真難！」她說。

那要看你的歸宿是什麼。

將歸宿等同一個愜意的丈夫，那麼，尋覓的路當然是崎嶇的。歸宿可以是很遼闊的。它可以是事業、可以是信仰、可以是夢想、可以是一種追尋、一種寄託、一種灑脫。

你就是你自己的歸宿。我們出生，長大，尋覓所愛，經歷無數挫敗和沮喪的時刻，終於了悟，成長才是女人最後的歸宿。

你把歸宿想像成什麼樣，它就是什麼樣。它不是一種羈絆和無奈，而是自身的圓滿。

PART TWO

人生最好的相逢

兩個身材不好的人

什麼是愛情？愛情是和兩個人有關的：

兩個有弱點的人走在一起，幸好，他們的弱點並不一樣。

兩個驕傲自大的人走在一起，他們在對方面前變得貼貼服服。

兩個不相信前生和來世的人走在一起，他們終於相信有前生和來世。

兩個不相信婚姻的人走在一起，後來，他們結婚了。

兩個各自擁有一個夢想的人走在一起，然後發現，兩個夢想可以變成一個。

兩個有不同理想的人走在一起，然後發現，他們的理想也有一個交匯點。

兩個嗜好完全不同的人走在一起，而且相處得非常和諧。

兩個年紀不同的人走在一起，年長的會遷就年輕的那一個。

兩個固執的人走在一起，然後輪流讓步。

兩個孤獨的人走在一起，常常擔心，對方沒有了自己便會很孤獨。

兩個不漂亮的人走在一起，並開始覺得對方和自己其實也

人生最好的相逢

電影和小說裡，常常有許多重逢的場面，或喜或悲，或者唏噓。也許，我們應該慶幸自己不用等待與某人重逢。

期待重逢，那就是說，你心裡一直牽掛著一個人。你已經沒有他的消息了，只好盼望有一天能跟他重逢。那一天可能永遠也不會來臨。

有離別的不捨，才有重逢的渴望。不需要等待重逢的人，了無牽掛，都是幸福的。

也許，相逢比重逢更好一點。

兩個人在人海中相逢相識相知，你影響了我，我也影響了你。我做人的態度改變了，我的品味提升了。你從失意中站起來，重新奮鬥。每一次，當我們聚頭，總有說不完的話題。我們心有靈犀，我總是猜到你的想法。有些時候，我們幾乎同時說出一樣的話。你豐富了我，我也豐富了你。

如果兩個都是男人或者兩個都是女人，我們就是最好的朋友。

如果是一男一女，我們也許是最合得來的情人。

如果你已經有情人或者我已經有情人，我們並不會因此覺得遺憾。

因為，這已經是人生最好的相逢，你裡面有我，我裡面也有你。

不要你懷念她

你愛的那個男人，心中永遠懷念著另一個女人，這種愛是很痛苦的吧？

雖然他愛你，但是，你知道，在他生命中，他最愛的是另一個人。他們已經分手了，也許，她甚至已經不在人世；可是，她始終是最刻骨銘心的。

你永遠沒法勝過一個死去的人。然而，即使是活著的，你也勝不了。這樣子的愛，是不完美的。

每個女人都希望成為男人心中最愛的女人。無論他愛過多少個女人，他最愛的始終是你。當你們一起，他不會懷念著另一個人。假如他一生最愛另有其人，我寧願不愛他。

在這個層次上，愛是自私的。他也不可能接受我最愛的是另一個男人吧？

我們可以接受一個有過去的男人，我們何嘗沒有過去？然而，當他選擇了我，他最愛的人便沒理由不是我。

我為什麼還要跟另一個女人搶他？

那個女人永遠深深地刻在他的回憶裡，那我會放棄。這樣去愛

你想我知道的

除非大家都是對方的初戀情人，否則，我們都會有過去。

年少時候，我們會問：

「你談過幾次戀愛？」

「你曾經有過多少女朋友？」

「你和多少個女人睡過？」

「你和她為什麼會分手？她是不是你最愛的？」

年紀大了一點，戀愛經驗也豐富了一點之後，我們不會再那樣問了。

我甚至不一定要知道。

他喜歡說的話，我當然想聽。我怎會不想知道呢？但我不會尋根究柢。

他說多少，我便聽多少。他會一點一點的告訴我。當他忽然停下來不再說下去，我也不會去追問。

一天，提起大家的舊情。若他說：

「我的你都知道了。」

我會微笑著說：「你想我知道的，我都知道了。」

是的，你想我知道多少，我便知道多少。我不想你知道的，我也不會說。

我愛的是現在的你，為什麼要逼你說過去？那就等於逼你說謊。你的舊情人太好了，我會妒忌。我寧願不知道。那樣我才能相信，你最愛的永遠是我。

喚起了的記憶

我們愛上一個不期而遇的人，也許是因為他喚起了我們的一些回憶。

他的出現，讓我們想起當年的人、當年的時光和那段時光中的自己。

在不可能重複的歲月裡，有一些感覺卻重來了。

比如說，一個男人愛上一個不怎麼樣的女人，旁人百思不得其解，對他有意思的女人更是無法明白，他為什麼放著一個好的不要，要一個那麼平凡的。

原來，這個不怎麼樣的女人長得很像他的初戀情人。

他就是不能自已地想跟她一起，即使她不愛他，他還是對她一往情深。

當男人愛上一個像他初戀情人的女人，那麼，無論你多麼愛他，你也只好投降了。誰叫你不像她？

或許，當男人的初戀情人今天出現，跟眼前人站在一塊，他才會發覺她們並不相像。可是，因為他已經見不到那個人了，回憶把舊時印象都美化了，像隔了一重霧，眼前人也彷彿是當年那個人。

☆？◎＾επ>ΦΩαβ……

在報紙的專欄上曾說，現在也許已經沒有太多人願意寫信了。幾天之後，收到一個在加拿大留學的男孩子給我的電郵，他說，兩年來，他女朋友每天寫一封信給他，從未間斷。

是的，世上總會有比較幸運的人。幾年前，同樣收到一個男孩子的信，在外國留學的他，跟在香港生活的女朋友，七年來一直也有寫信給對方。當他們結婚的時候，家裡放著七個箱子的情書。

為什麼被情書感動的，往往是男人？也許，我們應該開始寫信給男人了。

寫些什麼好呢？我每天也在寫稿，再寫情書，是負擔。我也沒有收過我愛的男人給我的信，不愛的倒是收過。

記得有一天黃昏，我在家裡寫稿，忽然很想念他，於是寫了一串符號傳真給他。

⊕Ω⊙α◎Φ⊙♓πξ∫XYZ！

兩分鐘之後，竟然收到他的傳真，他寫的也是一串符號。

☆？◎＾επ>ΦΩαβ……？

甜蜜的感覺在一剎那之間湧上心頭。是的，世上只有他明白我在說什麼，不需要文字。多少年來，那是我最感動的一封情書。

苦澀的聯想

誰說時間不是問題？

一個男人的條件再好，他沒有時間陪你，也是多餘的。愛情是不可以望梅止渴的，拿著他的照片、抱著回憶，便能度過每一天嗎？

一個男人願意給一個女人多少時間，就是他有多愛她。你不可能說：「我愛你，但我沒有時間陪你。」

你愛我的話，你是可以擠出一點時間來的。沒法擠出時間，是你已經作出了抉擇。

不是不體諒你，而是，當你不在身邊，我會想像許多事情。你是和別的女人一起嗎？你根本不愛我嗎？我只是你其中一個女人嗎？寂寞不是最痛苦的；想像才是最痛苦的。離開了你，便不用再對你的生活有任何苦澀的聯想。這樣，我才能夠有自己的生活。

既然你沒有時間，我釋放你吧！釋放你，同時也是釋放我自己。

愛情不是這樣的。愛情是當你一旦愛上一個人，你上班的時候

計算機都打碎了

E君有一次向我投訴一位和他交往不久的女孩子。他說：「我送她一個價值五千塊的皮包，她呢，我生日的時候，她只是送一件五百元的襯衫給我！」

聽到E君這番說話，你的第一個印象，一定覺得他很小器吧?!然而，你慢慢會欣賞他。

他不是小器，他是一個很公道的人。你對他好，他會對你同樣的好。你送他一份兩千塊的禮物，他一定會送你一份不少於兩千塊的禮物。你幫了他的忙，他一定會找機會幫你忙。你請他吃飯，他也一定要再請你吃飯。他心裡有一部很精密的計算機，他對你公道，他也要求你對他公道。他拿你什麼，也會還你什麼。

是的，這種人沒什麼感情，因為他是用計算機思考人生的。但是，他也有好處：他絕對不會佔人便宜。這是他最值得讓人欣賞的地方。當你經常遇到那些佔人便宜，侵佔別人的人，你會發覺，E君比他們好得多了。你會欣賞他的公道，也會為他有時太公道而搖頭苦笑。

公道沒有錯，他最大的錯，是以為愛情也應該公道。誰不知道愛情是一宗最不公道的交易？我們的計算機都打碎了。

三個人的愛情

收到馬來西亞一個男孩子寫來的信。他一直喜歡一個女孩子，也曾經向她表白，可是，她婉轉地拒絕了。原來，她有了男朋友。自從她的男朋友出國深造之後，她和他反而成了互吐心事的朋友。她告訴他，男朋友對她不太好。每一次聽到她這樣說，他也會很難過。

當她男朋友放假回國，她要趕幾百公里的路去見他。這個時候，這個男孩子卻負起她能安全到達她男朋友身邊的責任。他託人在深夜的火車站等她，直到接到朋友的電話說：「搞定了。」他才放心。

他知道這樣下去很痛苦，他很想忘記她。可是，愈想忘記，陷得愈深。她總說一切太遲了，她沒法離開她的男朋友。

為了她，他改變了很多。他很想灑脫一點，就當這是人生最好的相逢。他和她現在很好，但他不敢想像當她男朋友學成回來之後會是什麼光景。

她跟他說：「假如我們只是好朋友，那該多好。」

他不知道是否應該繼續爭取她。

這種事情，是永遠不會有答案的。

我不知道他是否相信世上有三個人的愛情。我們也許可以同時愛兩個人，又被兩個人所愛。遺憾的是，我們只能跟其中一個廝守到老。

被愛比愛人幸福

一個老生常談的理論是：

被愛比愛人幸福。

真的是這樣嗎？我不覺得。

假如你不愛那個人，被他所愛又有什麼幸福可言？除非你這個人對感情已經沒有要求，只需要有一個人對你好，對你千依百順。

被愛和愛人同樣痛苦。

被一個自己不愛的人所愛，有時是痛苦的。你不愛他，但是，你愛的那個人不愛你，你只好留在這個你不愛的人身邊。他願意為你做任何事，你甚至可以罵他、打他。你更可以驕傲地說：「我不愛你！」你想哭的時候，可以借他懷抱一用。你需要讚美的時候，他絕對不會吝嗇。你淒然問他：

「你為什麼要對我這樣好？」

他也沒法回答。

這個時候，你會感到幸福嗎？還是你會痛苦？

被自己不愛的人所愛，你起初或許會有點飄飄然，日子久了，你開始害怕自己只能得到他。難道你不配找到一個你愛的人嗎？為

什麼上天把他分配給你？他很好，可是，他愈對你好，你愈不快樂。你想他走，又怕他走。你唯有騙自己：被愛比愛人幸福。

愛情的潔癖

為了不想承認自己曾經喜歡一個人，每當有人提起他的時候，也許會故意把他說得差勁一點。

「他很討厭呢！」

「我跟他就是談不來，他很幼稚！」

「哼！他？我看他不會有什麼好事做出來吧？」

旁人問：「你跟他不是有什麼過節吧？」

過節不是沒有的，唯一的過節，便是你曾經喜歡過這個人。

當時是有一點喜歡他的，他好像也有一點喜歡你。幸好，還沒開始，你已經找到一個比他好的，那麼，只好在日後否認他。

我們以為，否認得愈徹底和刻薄，便會神不知鬼不覺。漸漸地，自己也信以為真了，認為是他曾經喜歡你，但你從來沒有喜歡過他。

昨天的他，配不上昨天的你。今天的他，也配不上今天的你。明天的他，更不消說了。為了不想承認自己曾經擁有不太好的品味，只好輕輕地踐踏他。

我們不是常常聽見一些男人或女人批評他們認識的異性嗎？他

們不是惡狠狠地批評，而是往往帶著幾分嘆息，或者嘲笑。她有那麼恨他嗎？一點都不，她只是想抹走一些不夠漂亮的過去。

愛情的潔癖，便是希望自己那張情愛履歷表上沒有一個不像樣的人。

PORT

愛情是道——你相信便有——不相信便沒有

鐘形曲線

統計學裡，有所謂「鐘形曲線」，放眼這個世界，什麼分佈都是正常的。Frank Huyler著的《急診室的瞬間》一書裡，作者提到他的統計學教授曾經告訴他，如果你從河床撿起石頭來秤，會發現有的很輕，有的很重，但大多數都在中間。

製成圖表一看，就能得到一張正常的分佈圖，也就是鐘形曲線。

在這個世界上，每一條河，河床裡的石頭秤重後，都能出現一張鐘形曲線。除此之外，樹木的葉子，鳥飛行的速度，也可以用同一種曲線來描述。

自然界的一切，也可以用這個角度去看，我們的生命，何嘗不是如此？

每個人追求的曲線也許都不同。男人追求不斷向上的曲線，女人追求玲瓏浮凸的曲線，而我們真正得到的曲線，卻是一個美麗的鐘形。

得和失，成和敗，快樂和痛苦，得意與沮喪，是會平均分佈的。

愛情是很短暫的嗎？

跟一個朋友聊天，他以過來人的身分說：

「愛情是很短暫的，只是你不肯承認罷了。」

不是我不肯承認，而是我不肯死心。有一天，當我到了他那個年紀，像他經歷得那麼多，也許我才會承認愛情只是數十秒之間或數十天之間的事。

覺得愛情很短暫的人，認為愛情就是激情。如果愛情就是激情，那麼，它的確很短暫。激情來的時候，朝思暮想，恨不得天天見面，渴望互相擁有，甚至互相毀滅。火燒得那麼猛，鍋裡的食物，自然也很快便燒焦。

如果愛情是思念，那麼，愛情是比激情長久的。

有人說，愛情就等於思念。只要有一天，你仍然想念一個人，那麼，你仍然是愛他的。是「想念」，不是「想起」。你會偶爾想起一個舊情人，但是你已經不愛他了。

思念一個人，不必天天見面，不必互相擁有或互相毀滅，不是朝思暮想，而是一天總想起他幾次。聽不到他的聲音時，會擔心他。一個人在外地時，會想念和他一起的時光。

我和你，有誰更了解愛情是什麼？誰也不比誰更了解。愛情是道，你相信便有，不相信便沒有。

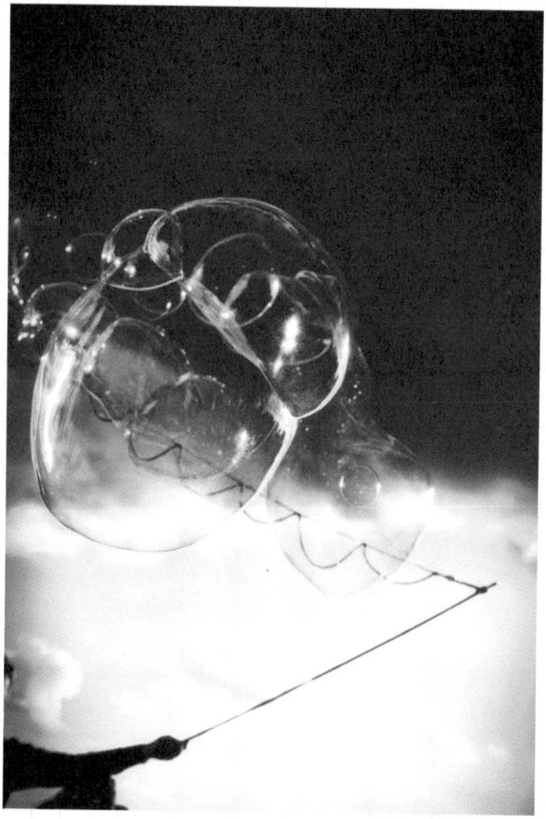

在蒼茫人世尋找那一半

柏拉圖《對話錄》中有一段著名的假設：原來的人都是兩性人，自從上帝把人一劈為二，所有的這一半都在蒼茫人世上尋找那一半。愛情，就是我們渴求著失去了的那一半自己。

假使我們不是從太初就被分隔開，我們怎能重新經歷邂逅的歡愉？我們窮一生的時光去尋覓自己所愛的人，本來就是上帝賜予我們的天職。在尋找的過程中，縱使有多少的失望和傷痛，也同樣有恩愛深情。兩個孤單的靈魂，合而為一。愛情，就是自我復原的過程。

在還沒有重遇那一半之前，我們心裡的缺口在等待著，當我們終於遇上自己期盼的那個人了，心裡的缺口也得以修補。從今以後，歡笑的時候，有人分享。流淚的瞬間，有人慰藉。尋常生活裡，也有一個隨時可以讓我們歇息的懷抱。

我們本來是雌雄同體的，所以心意相通。

我們本來就是一個人，人是多麼複雜的動物？我們有矛盾的時刻，也不要驚訝。

分隔了的靈魂，重新組合，當然難免要重新適應、懷疑，然後肯定。

我們有時候會找錯了那一半。然而，我知道，我的那一半早晚會出現。到時候，愛情會召喚我們。

我要一個什麼樣的男人？

我就是要我那一半。他修補了我身上和心上所有的缺口，我也修補了他的。流離失所的靈魂，終於回家了。

愛情，是自身的圓滿。我不再缺少一些什麼了。

愛情的感覺

女孩子問：「什麼是愛情？什麼是感覺？」

你認為愛情是什麼便是什麼。你感覺到便是感覺到。別人沒法給你答案。

什麼是愛情，難道是能夠用三言兩語去解釋的嗎？每個人的愛情都是不同的。每個年紀所相信的愛情也是不同的。你認為那是愛情，那便是愛情。比方，有人認為單戀不是愛情，因為愛情一定是雙方的；可是，單戀的人卻認為這是一種愛情。什麼是愛情，我們無需要去跟人爭辯和解釋，就相信你們相信的吧！

至於感覺，那就更加個人化了。假若有一個人跟你說，他對你再沒有感覺了，你也不會問他：「什麼是感覺？」相愛的時候，兩個人的感覺是多麼的相似；不愛的時候，感覺也流逝了。從此以後，我們再也感覺不到對方感覺的一切。沒有感覺了，也就再不是愛情，連感情也不是。

什麼是愛情？你要用你的人生去換答案。有人換到，有人換不到。愛情不是科學，它沒有一個標準的答案。

什麼是感覺？那是我們捉不到的東西。它要消失的時候，我們也留不住。然而，當它降臨的時候，你也沒有辦法抵擋。

十年之後，我還是會愛他

曾經有一個女人告訴我：

「我嫁給這個男人，因為我知道，十年後，我仍然會仰慕他。」

十年，是短還是長？

無論你多麼仰慕一個男人，跟他共同生活之後，你會發現，他也不過是一個凡人。到了第十一年或以後，當他江郎才盡，你是不是就不再愛他？

十年太短了。

因為仰慕一個男人而嫁給他，到頭來，你也許會失望。他又不是萬世師表，怎麼可能每一句說話都充滿智慧，無時無刻不在鞭策自己上進？

男人的才華和女人的青春，都會退步。仰慕之情要終結的時候，你要學習欣賞這個男人的其他優點。當你埋怨他江郎才盡的時候，你有沒有反省一下，你也已經沒有那麼年輕和漂亮了？

男人看一個女人，是從外表開始。女人看一個男人，首先看他的才華。十年之後，要看的再不是這些。

十年後仍然靠著仰慕來維繫一段感情，那就很危險了。

如果我要嫁給一個男人，是我知道，十年、二十年、三十年後，即使我不再仰慕他，我還是會愛他，還是喜歡和他生活在一起。

PART THREE

我想聽甜言蜜語

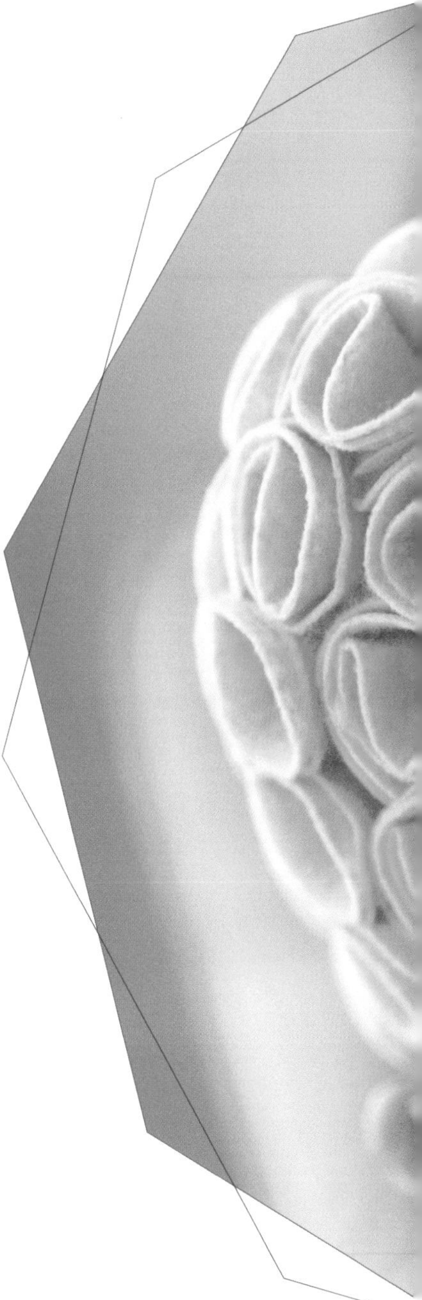

希望你不要太介意

這一生裡，你聽過多少句「不介意」？

那時候，你對他說：「我已經有男朋友了。」他說：「我不介意。」

你說：「我不能給你全部的愛。」他說：「我不介意。」

你說：「我不能常常陪你。」他說：「我不介意。」

你說：「我不知道能不能愛上你。」他說：「無論結果怎樣，我也不介意。」

你說：「我是不是對你不夠好？」他微笑著說：「只要能見到你，我便會很開心。我不介意。」

當你說：「我不知道能夠跟你一起多久。」他眼裡帶著淚光說：「即使很短暫，我也不介意。」

你問：「難道你不介意我的過去嗎？」他非常肯定的說：「我不介意。」

然後，有一天，他開始介意所有他曾經說過不介意的事情。

他不是曾經那麼情深地說過不介意的嗎？那一刻，你感動得抱著他流淚。誰知道，時日過去，他忘記了自己所說的一切。

下一次，當你聽到「不介意」這三個字的時候，你就知道，人在得不到的時候，什麼都可以不介意。得到之後，什麼都有點介意。這是愛情，希望你不要太介意。

我想聽甜言蜜語

你曾經那麼喜歡男人的甜言蜜語，又曾經那麼痛恨他的甜言蜜語。有一天，你終於明白，男人的甜言蜜語不過是一種調情手段。

明知道甜言蜜語都是謊言，你發誓不會再相信，可是，你偶爾還是想聽聽男人的甜言蜜語。

他說：「你好漂亮。」

縱使是假的，你也會真的相信。

他說：「我從來沒有這麼愛一個女人。」

你閉上眼睛，陶醉在這種讚美之中。明知是假的，你始終希望，有百分之一的機會，他是說真話。

他說：「我永遠不會離開你。」

你看著他顫動的嘴唇，一邊叫自己不要相信，卻一邊已經相信了。

女人最無知的地方是經常把甜言蜜語誤作承諾。這本來就是兩樣東西。

男人在床上說同一句話一百遍，也不要相信，到了第一百零一遍，他說的，也還是謊言。

謊言都是動聽的，而真話，有時卻會讓人傷心。

我們並非愚蠢得相信甜言蜜語，只是，有時候，它是挺不錯的。我想聽。

愛的銷魂

有個男人常常用同一個故事來挑逗女人。他會對她們說：

「我們做一場愛，就像打一場網球，大家出一身汗，就這麼簡單，有何不可呢？」

我不知道他總共打過多少場網球，流過多少汗，或者吃過多少閉門羹。每一次聽到他得意洋洋地重複這個故事的時候，我只覺得他可憐。

這樣子的挑逗，難道不是一種乞求嗎？

厚著臉皮，說著一個不好笑的笑話，不過是乞求短暫的歡愉。這樣的人，大概已經忘記了情愛的滋味。對於思念和承諾，也已經沒有感覺了。他只能夠以很膚淺的方式來發洩。說得沒錯，那的確就像打一場網球，或者摔角，它釋放了緊張和壓力，而不是追求一種圓滿。

他並沒有跟那個女人同體。她只是他的平台，他登入她的身體，到達自己想要去的地方。這種男人，不會在事後抱著你聊天，只會穿上衣服匆匆回家去，因為他已經到站了，不會留在平台上。他身上的汗，是為自己流的。

這種人是多麼自私？當他需要你，他會向你搖尾巴。當他吃飽了，他會把你踢走。

自私的人也是可憐的，他不會嘗到愛，只能理解欲念的煎熬。

性不是打網球、不是摔角，當然也不是比武。它是愛的飛升。

性愛應當是銷魂的，而不是超渡——超渡一個忘記了愛而只剩下欲念的亡魂。

唯獨不吻那裡

女人傷心的說，她愛的那個男人，願意吻她身上任何一個地方，卻不肯跟她接吻。

她是那麼的愛他，卻只能成為他其中一個女人。他長得很好看，很有生活情趣，很會調情。她喜歡跟他一起。

然而，一次又一次，他總是不肯把舌頭伸進她的口腔裡，給她一個深情的吻。他寧願吻她其他地方。

起初的時候，她還能騙自己。她騙自己說，也許他不喜歡接吻。聽說有些男人是不喜歡接吻的。

可是，自欺也有一個期限，也有一條底線。當他一次又一次避開她的嘴巴，只能證明，他不愛她。他只是想要性。

她不能理解的，是他肯吻她那個地方，卻不肯吻她的嘴巴。他真有那麼討厭她嗎？

男人在什麼情況下會吻一個女人身上任何地方卻不跟她接吻，這倒要問問其他男人。我不懂回答。

她不是他付錢找回來的女人，她自己的條件，也好得沒話說。所以，她才不甘心。

這個淒涼的故事或許證明了一個道理——以前常常有人說「無論你怎麼差勁，總會有一個人愛你。」現在，更真確的事實是：無論你的條件多麼好，總會有一個人不愛你。

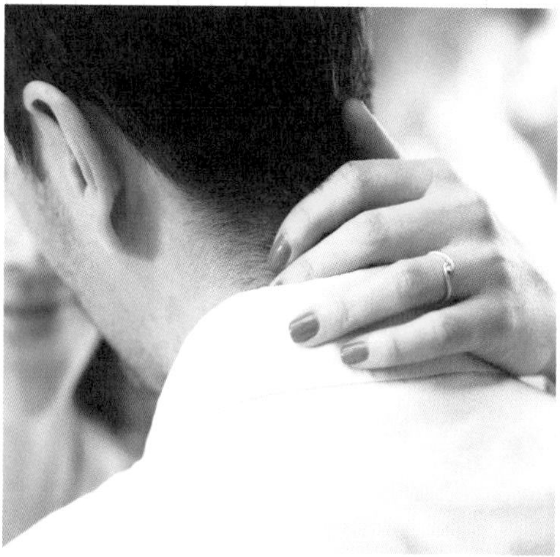

你無辜的眼睛

女孩說，她喜歡有一雙無辜眼睛的男人。

怎樣的眼睛才算無辜？可以想像，卻無法言傳。

無辜的眼睛，也許在小狗身上會比較容易找到。小狗的眼睛，通常只有兩種：蠢和無辜的。

我喜歡蠢一些的小狗。男人的眼睛，當然不可以蠢。

迷上無辜的眼睛的女人，也許都是喜歡照顧男人的。你絕不會找個無辜的男人來照顧你吧？無辜是少年的眼神，是柔弱的，是讓人心軟的。你很想知道，他幹嘛這麼無辜。

我不會自找麻煩，我不愛無辜的眼睛。我喜歡的眼睛是有智慧的、深情的、正派的，不要會笑的眼睛。會笑的眼睛，都是花心的。

我喜歡有神采和內涵的眼睛，最討厭是游離不定的眼睛。說話時，總愛東張西望，從來不敢正視別人，這種眼睛的主人，都是心術不正的。

我喜歡理性而又感性的眼睛。他有理性的光輝，也有感性的時刻。

我喜歡黑白分明的眼睛，不要混濁的。

不喜歡老謀深算的眼睛，也討厭色迷迷的眼睛。太銳利的，也有點嚇人。

然而，不無辜的眼睛也有無辜的一刻，當男人背叛了女人，他向你懺悔的時候，你從沒見過這麼無辜的眼睛，而他明明不是無辜的。

他不會永遠俯伏在你跟前

我們常常犯一個錯誤，這個錯誤就是以為自己是無可代替的。他那麼愛我，那麼需要我，他一定不會找到一個比我好的。於是，我可以對他高傲一點，可以對他呼之則來，揮之則去。

只要我有一天稍微對他好一點，他便會感動得緊緊的摟著我，為我做很多事情。我叫他向東走，他不敢向西走。不小心走錯了東南面，他心裡也會怦怦的跳，怕我以後不理他。

他曾經說過，他從來沒有這麼愛過一個女人，那個人就是我。

他曾經說過，他願意為我做任何事。

他曾經說過，沒有任何一個女人可以代替我。

當時的我，整個人也飄到雲端。

沒有了我，他的世界將只會黯淡一片。沒有了我，他會一天一天的枯萎。

他本來是個很不錯的男人，但他如此需要我，我忽然覺得，我比他高了一點。我好像不是太愛他。我可以沒有他，甚至可以沒有任何人。

我要他永遠俯伏在我跟前。

可是，有一天，他竟然不再需要我了。他竟然能夠找到一個比我好的。這個時候，我才知道我多麼的愛他。

腳踝上的鐵球

有些男人專制得令人難以想像。他要求女朋友時時刻刻向他報告行蹤，而且要知道她跟誰在一起。她跟其他女人在一起的話，他擔心那些女人會把她教壞。她若跟一個男人一起，即使只是同事，他也會非常不滿。

如果可以的話，他想把一個鐵球掛在她的腳踝上。當她受不了他的管束時，他又會溫柔而深情地說：

「這是因為我太愛你。」

起初的時候，女人是會感動的，因為有一個男人愛她愛到這個境地。那一刻，她覺得自己是他的公主，每分每秒都被他看顧著。

可是，他管她管得愈來愈厲害。她下班後和朋友去看電影，忘了給他電話，結果，她事後要向一臉怒氣的他道歉和解釋。她想在工餘進修，充實自己，他強硬的反對，怕她會在班上認識其他男孩子。

她開始覺得窒息了。毫無疑問，他是愛她的吧？但是這種愛會有將來嗎？

下一次，不要進入我心深處

有些男人很討厭。他為什麼要在不適當的時候出現？
為什麼他在不適當的時候出現，偏偏又要進入我心深處？
為什麼他在不適當的時候出現，進入我心深處，又要若即若離？
為什麼若即若離的時候，他偏偏又說這是為了我的幸福？
男人知道什麼是女人的幸福嗎？
為什麼他總是用我的幸福來讓我心潮起伏？
為什麼他讓我心潮起伏，又看不見未來？
為什麼即使看不見未來，我還是抱有不切實際的幻想？
為什麼我敢幻想卻不敢付諸行動？
為什麼他好像提供了一個選擇的機會，而其實我根本沒得選擇？
為什麼他要教一個不懂說謊的女人開始說謊？
為什麼開始了說謊，偏偏又內疚？
為什麼覺得自己罪孽深重的時候，我還是會繼續下去？
為什麼當我硬起心腸的時候，他卻又讓我心軟？
真是討厭！下一次，可不可以不要在不適當的時候出現；或者，不要進入我心深處。

別這樣，會讓人看到的

你的男人是什麼時候不愛你的？

一點一滴的感覺，會累積起來，然後你就醒悟，他好像已經沒那麼愛你了。

某天，在街上，在百貨公司裡，在機場或在咖啡室裡，你熱情地摟著他，好想依偎著他，他會說：

「別這樣，會讓人看到的。」

你只好端端正正的坐著。

某天，他的車子停在路邊。在車廂裡，你好想吻他。他會一本正經的說：

「別這樣，會讓人看到的。」

你把手放在他的大腿上，他會輕輕拿開你的手，說：

「會讓人看到的。」

在車廂裡，有誰會看到？

「其他車子上的人。」他說。

在你家裡，在你的房間裡，你好想跟他擁抱，他會說：

「別這樣，會讓人看到的。」

真的只有一次？

有些男人被女朋友發現他有第三者的時候，會坦白的說：「我跟她只有一次，真的只有一次。以後也不會了。」

女人含淚問他：「真的只有一次？」

男人用力地點頭，說：「是的，只有一次。」

男人自以為撒了一個很完美的謊言。他不肯承認的話，她是不會相信的。他坦白承認有一次，她反而會相信。因為只有一次，可以當作是一時把持不住，她會原諒他的。一次之後，他立即控制自己，不再做出對不起她的事，她應該感動。

男人真的以為女人會相信嗎？

我們都知道，一次的意思，就是不止一次。

男人承認跟另一個女人只發生過一次關係，那就等於說，他跟她不止上過一次床。如果真的只有一次，他是絕對不會承認的。因為不止一次，他才會承認有一次，希望從輕發落，自己的良心也好過一些。

我們寧願聽到男人說：「沒有，我沒有跟她發生過關係。」也不願意聽到他說：「一次，只有一次。」他說「沒有」，我或許還能相信他真的沒有。若他說「只有一次」，我就知道，他在撒謊。

為什麼男人有那麼多壓力

一個女孩子問我：

「你知不知道男人為什麼常常說自己很忙和壓力很大？」

假如我知道，我就是男人了。

每當女人埋怨男人沒時間帶她，男人總是說：「我工作很忙，壓力很大。」

每當女人問男人為什麼不開心的時候，男人總是說：「我壓力很大。」

女人覺得男人不關心她的時候，男人總是解釋：「我壓力很大。」

女人覺得男人不愛她，男人又說：「我壓力很大。」

為什麼男人總是有那麼多壓力？是藉口還是真心說話？我們只好相信，他說的是真話。因為，不相信他，我會更不快樂。

也許，男人是說真話吧。女人很容易在生活裡找到快樂，男人卻很容易在生活裡找到壓力。假如你問男人為什麼有壓力，或者他也無法回答你。

他不敢承認他很想出人頭地，又很害怕失敗。他不敢承認他不是女人所以為的那麼出色。他不敢承認女人也是一種壓力。

也許，我說錯了，這也很難怪我；男人在熱戀時從來不會說壓力很大。當大家的感情淡了下來，他便開始說壓力很大。這難免令我覺得，他不愛我了。

我為什麼要等你呢——你甚至不會思念我

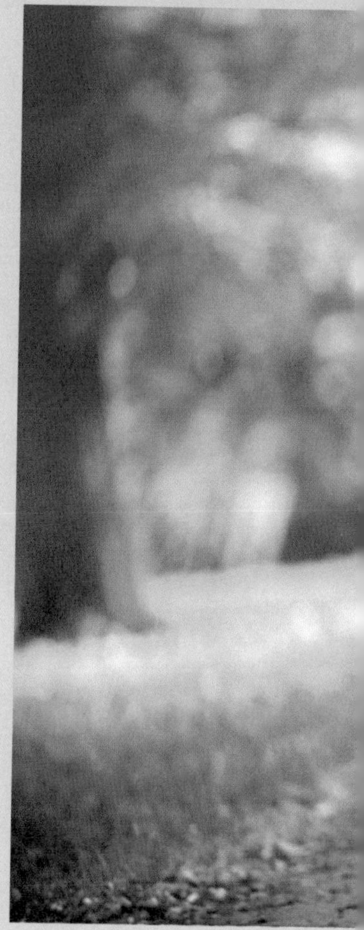

狡猾的沉默

男人做了對不起女人的事情時，他們最擅長的便是沉默。

你說了要分手，他來找你，是想你回到他身邊的吧？然而，他站在你面前，卻一句話也不說，那他來幹什麼？他站在這裡，就是道歉嗎？結果，是你首先忍不住問他：

「你來幹什麼？」

他沉默著。

終於，你忍不住罵他。他也是沉默，只懂望著你。

最後，你忍不住向他咆哮：

「你說話呀！你為什麼不說話！」

他仍然像木頭一樣站在那裡，一動不動。

男人道歉和內疚的方式，原來就是沉默。

事實上，他也沒什麼話好說。

「對不起」是陳腔濫調。「我愛你」太肉麻。隨便說一句話，刺激了面前這個歇斯底里的女人，更有可能獲得一巴掌的待遇。所以，最聰明還是不要說話。

沉默，也是一種進攻。狡猾的他，會用身體來說話。看到女人

一支永遠不會完的歌

總是這樣的：有些男人為你提供插曲，有些男人為你提供主題曲。跟他一起的時候，你曾經以為他是你的一生，然後發現，他只是一支插曲。或者，打從開始的時候，你就知道，他只是插曲而已。他那麼吊兒郎當，怎麼可能為你提供一生？

無論是多麼深的愛，也不可能把一個男人的性格改變過來。他很愛你，你也愛他。可惜，從第一天起，你已經知道，他只會是你生命裡一支最哀怨纏綿的插曲。他永遠不會成為主題曲。

女人還是需要一支主題曲的。

這支主題曲縱有不完美的地方，畢竟，也比插曲長久。我們可以有幾支插曲，作為青春歲月的回憶。但是，主題曲是不可缺少的。

他為你提供一生。無論是感情上還是物質上，他是可靠的。已經那麼多年了，他對你專心一意。他是個有責任感的男人。你曾經以為他只是插曲，原來，他是一支深情的主題曲。

他為你唱的這一支歌，永遠不會完，直至生命終結。

至於那支哀怨纏綿的插曲，只能唱一段短暫的時光。

沒有你，我也可以過日子

當你一個人在家裡很寫意地看書、聽音樂或者吃東西時，你會忽然發覺，其實你一個人也可以過日子，何必要為愛情煩惱？

是的，一個人也可以過日子。只是，一個人過日子過得太久，你又會希望過一些兩個人的日子。

女孩子說，她跟拍拖三年的男朋友吵架，大家冷戰了兩個星期，她首先按捺不住打電話給他，問他：

「你為什麼不找我？」

他很坦白的告訴她，這兩個星期他過得很寫意。他甚至覺得，沒有她，他也可以生活。

她很傷心。現在，他們仍然像吵架前一樣，過著情侶的生活，但她很介意知道，沒有她，他也可以一個人過日子。

沒有了誰，我們也可以過日子。問題是，這些日子是否過得幸福。

即使你很愛一個人，你也需要喘息，也想找一、兩天獨個兒過日子。唯一的分別是，你愛這人的話，你不會坦白的告訴他，沒有他，你也可以過日子。你會向他撒謊，告訴他，沒有他，日子不知

沒有愛之後的性

沒有愛之後，男人還是可以有性的。如果連這種事你也不知道，你真是太傻了。

女孩子與男朋友相戀三年，分手之後的九個月，她和他還有性關係。他不愛她了，但她仍然很愛他。一次又一次，她主動跑去和他睡，他並沒有拒絕。

然而，這九個月的性關係和三年前並不相同。

三年前，他會叫她留下來過夜。這九個月裡，幾乎每一次，他都會留意著時間，催促她離開。是一樣的性，卻是不一樣的愛。

男人可以跟自己已經不愛的女人上床，但他無法在事後對她一如以往的溫柔。

她說：「這九個月裡，他曾經對我說，他仍然很疼我。」

那不過是他的內疚罷了。纏綿之後的那一刻，他是感動的，因為這個躺在他懷中的女人滿足了他的性欲。她是那麼愛他，她是那麼傻，那麼可憐，那麼卑微……

然而，那一刻的感動轉瞬即逝，他只想她盡快在他眼前消失。他早已經不愛她了。每和她睡一次，他會厭惡她一次。

一厘米一厘米的介意

當我們愈年輕的時候，我們愈會介意男朋友的高度。我們會一厘米一厘米的介意。他只比我高二厘米，委實太矮了。我的理想是找一個比我高十五到二十厘米的男朋友。他的高度跟我一樣，那太難看了，雖然我也有一六五公分，但他是男人，應該高一點。

他比我矮，那是很嚴重的事！他對我很好，我也愛他。我們一起兩年了，但我還是介意他的高度。他為什麼不長高一點？他長高一點，一切便很完美。他的高度成為這段情最大的遺憾。朋友會取笑我找了一個比自己矮的男人，雖然他已經是他家裡長得最高的一個，但那又有什麼用？為了他，我連高跟鞋也不敢穿。我一直嫌自己不夠高。如果我嫁給他，那麼，將來我們的孩子也不會高到哪裡。為了孩子，說不定我會變心。

當我們年紀大了一點，我們對於男朋友的高度也會寬容一點。雖然他沒擁有我理想中的高度，但他有很多優點。只要我不介意，誰又敢取笑我們？我們將來的孩子，只要勤力跳繩和打籃球，一定可以戰勝遺傳基因。

當我們的年紀再大一點，我們更清楚男人的腦容量和荷包的重量遠比他的高度重要。那段一厘米一厘米介意的歲月，是太不會想了。

PART FOUR

總是有遺憾

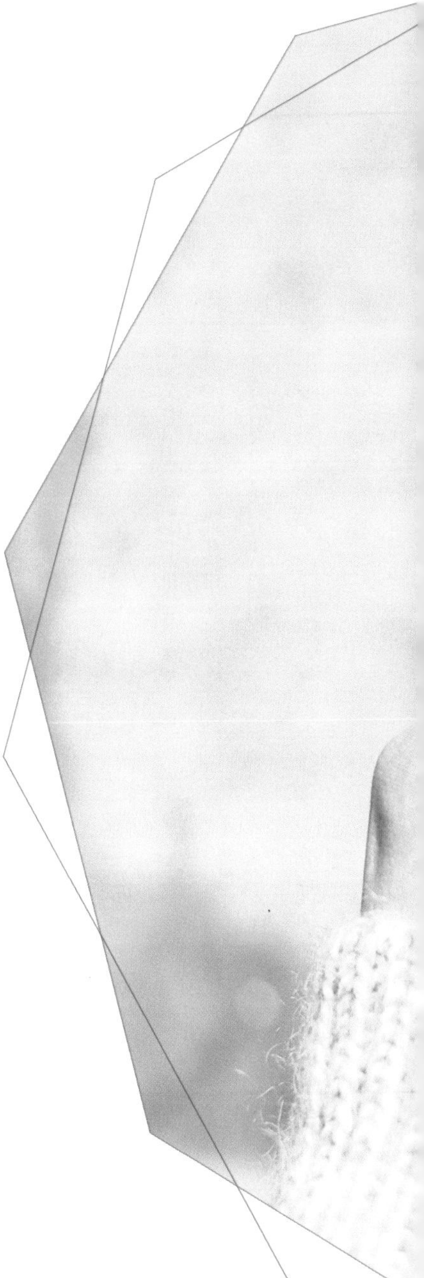

只要看到女人哭

我喜歡那些很怕女人哭的男人。
只要看到女人哭，他就手忙腳亂。
只要看到女人哭，明明他是對的，他也會認錯和投降。
只要看到女人哭，他會忘記了什麼是原則。
只要看到女人哭，他整個人也會軟下來。
只要看到女人哭，他願意為她承擔一切錯誤和後果。
只要看到女人哭，他願意用身體保護她。
只要看到女人哭，他就覺得對不起她。
當她哭濕了他的肩膊，他什麼都給她。
也許他不是一個很聰明的男人，也許他不是一個很有出息的男人，他也不是一個很深情的男人，但是，他害怕眼淚，他就是可愛的。
從此以後，我可以用眼淚來終止一場吵架或一場冷戰。
我可以用眼淚來講我那些橫蠻的道理。
我還可以用眼淚來欺騙他。
雖然我們都知道，當他變心了，多少眼淚也無法令他回心轉

總是有遺憾

遺憾是你不可以盡情去愛一個人。當你可以的時候，已經沒有機會了。

遺憾是回憶裡的日子比現實美好。

遺憾不是沒有一個對你一往情深的人，而是同時有兩個。

遺憾是無法對你所愛的人全然坦白。

遺憾是你無法像從前那麼愛一個人。

遺憾是你很想結婚，但不知道應該跟誰結婚。

遺憾是你發現你最想尋找的已經不是愛情，而是自我。

遺憾是無法跟分手的情人做最好的朋友。

遺憾是你覺得自己仍然很年輕，可惜你的身分證不是這樣顯示。

遺憾是你已經太老去相信情人的承諾。

遺憾是愛情永遠是患得患失的時候最甜蜜。

遺憾是你發現人生還是簡單一點好；不過，你通常會在變得很複雜的時候才頓悟這個道理。

遺憾不是你想欺騙自己所愛的人，而是你想欺騙自己。

遺憾是你發現愛情不是人生的全部。可是，你仍然會用全部的

人生去追尋。

遺憾是你跟你所愛的人愈走愈遠——朝不同的方向。

遺憾是當你愛一個人的時候，你無法不去佔有。

期待的落空

每一段愛情，都會出現期待的落空。

有時候，那些期待不過很微小。譬如，今天晚上，你很想見他，他卻沒法來。又譬如說，你期望他會給你一點安慰，他偏偏沒有。

那些期待，微小得有如生活中的瑣事。你在最想聽到他的聲音時聽不到，你在最想跟他說話時他沒時間細聽。你想跟他親熱的時候他看不出來，你只想跟他擁抱時他又以為你想要親熱。你想得到他的讚美時，他疏忽了。你想得到他的支持時，他以為你已經夠堅強。

既然是生活瑣事，我們早就習慣了期待的落空；因為，有時候，那些期待並沒有落空。

然而，更大的期待，並不是生活裡的期待，而是對那個人的期待。

我們以為愛上了自己所期待的人，或許是一種誤解。

你以為他是那樣，他也努力成為你期待的那個人；可是，他真的是那個人嗎？

我們都會奮力成為對方心中的那個人。如果他認為他愛的是個聰明的女人，我會盡量使自己聰明。如果他認為他愛的是個善良的女人，我會盡量善良。如果他認為他愛的是個獨立的女人，我便會盡量獨立。當他以為他愛的是個寵壞了的野蠻女人，我也會努力成為那樣的人。

假使那個男人愛你夠深，他同樣會奮力成為你期待的人。譬如說：像你所以為的那麼愛你、像你所期望的那麼偉大。

直到一天，我們發現對方的要求已經愈來愈高，已經分不清現實與期待，我們只好黯然承認：我沒法成為你期待的那個人。

不要看著我換衣服

男孩子問：「我不知道她還愛不愛我？」怎麼會不知道？她還有沒有讓你看著她換衣服？

在最心愛的男人面前，我們曾經以最溫柔的動作換衣服。

從浴室洗完澡出來，我們用毛巾把身體抹乾，坦蕩蕩的在他面前穿上白色的胸罩、性感的內褲，然後套上毛衣，穿上褲子。因為他在看，我們總是以最曼妙的姿態穿衣服，彷彿自己一個人的時候也是這樣的。

要換過一件衣服和他一起出去。我們也是毫不羞怯的脫下衣服和褲子，再穿上一襲裙子，然後問他：「這樣好看嗎？」也許，再讓他抱我一下，讚美一下我的身材。

我們之間，沒有什麼需要隱藏起來。一天，我開始不愛他了。雖然房子那麼狹小，我還是寧願躲在衣櫃裡面換衣服。

當我確定我已經不愛他了，我寧願拿著衣服走進浴室，關起門來換衣服，也不讓他看到我脫得精光。從浴室出來，看到他沮喪的神情，我還是堅持自己做得對。不錯，他以前都看過了，但是，當愛消逝，當我心裡沒有他，我再也不願意讓他看著我換衣服了。

離不開的背景

在時裝店買衣服的時候，碰到一位朋友，他是很有名的美術指導，幫我拍過一輯照片。難得見到他，我當然不會放過機會，要他替我揀幾件他認為好看的衣服。他拿起一件黑色的羊毛大衣，說：

「這個很適合你。」

那件大衣，我其實見過，並不覺得有什麼特別。可是，經他的手指點一點，就像點石成金一樣，那件大衣忽然變得很漂亮。我馬上穿在身上，真的很好看，可是已經沒有我的尺碼。買不到的時候，這件大衣尤其變得迷人，我很懊悔自己沒有早一點把它買下來。

人是不是都是這樣？放在身邊的東西，從來沒有察覺它的好處，一旦失去了，才知道自己錯過了些什麼。

買不到一件大衣，不過是一樁小事。有時候，我們錯過的是一段感情。

起初的時候，大家患得患失。熱戀的時候，我們可以為對方做任何事，許下一些自己也不敢相信的偉大承諾。可是，有一天，一切便習以為常，再沒有激情和驚喜，沒有進步，也沒有新的發現。

被揮霍的愛情

愛情是有配額的。當一個人對另一個人的愛已經耗盡了，也就是配額用完的時候，一夕之間，他會變得很冷漠。

女人有一個對她千依百順的男人。多少年來，他總是毫無底線地遷就她、疼愛她。她常常嚷著要分手，她並不是真的想分手，而是愛用分手來威脅他、折磨他。這一次，兩個人因為一些小事吵架，她又嚷著要分手。

「好吧！」男人說。

她以為他是在逞強。然而，這一次，他真的頭也不回。無論她流了多少眼淚，他也不再心痛了。

他已經不愛她麼？也許，他的愛已經用完了。近來讀韓少功著的《馬橋詞典》，裡面有一段文字，寫的是兩母子的感情。兒子長年照顧瘋瘋癲癲的母親，精力和感情也耗盡了，當她離世時，他流不出一滴眼淚，所有人都以為他是個不孝的兒子。作者寫道：

「對方已經毫無可愛之處，因此慣性的愛不再是情感，只是一種理智的堅守和苦熬。人們可以想像，一種愛耗盡之後，燒光之後，榨乾之後，被對方揮霍和踐踏得一乾二淨之後，只剩下愛的

殘骸和渣滓，充滿著苦澀，充滿著日復一日的折磨。」

這一段文字，何嘗不是在訴說一段被揮霍和耗盡了的愛情？

只是一個心願

當我們很想擁有一件漂亮但昂貴的衣服時，我們會遊說自己：「它的款式這麼簡單，永不過時，可以穿一輩子呢！」如果用一輩子的時間來計算，那件衣服實在太便宜了，於是，我們心安理得地擁有那件衣服。

當我們想買皮包和鞋子的時候，我們又會以同樣的理由說服自己。鞋子不可以穿一輩子，但是，它的款式那麼耐看，起碼可以穿兩年吧？

於是，我們的衣櫃裡擁有許多可以用許多年，甚至一輩子的東西。結果呢？

我曾經擁有一條很漂亮的半截裙。這條深藍色的裙子沒有拉鏈或鈕釦，穿的時候，只需要在腰間打兩個結就行了。我愛死了這條裙子。五年前，我幾乎天天穿著它，我以為我會穿一輩子。然而，這幾年來，我碰都沒碰過它。它仍然沒有過時，卻不再新鮮。

有多少東西，我們曾經以為自己會愛一輩子？一輩子的盟約，總是在我們最想擁有對方的時候許下的。那個時候，我真的這樣想……

不一樣的願望

你曾經想過一個男人死嗎？

他辜負了你，欺騙了你，背叛了你。分手的時候，他不知道有多麼無情和殘忍。他是一個不好的人。每一次，當你知道他還活著，你會問：

他為什麼還沒有死掉？

可是，有一天，他死了，你竟然一點也不快樂。你以為自己恨他，原來，那些恨之中，也是有愛的。愛和恨，好比情和欲，有誰可以分得清清楚楚呢？我們以為是恨，只是不肯承認自己還愛著一個不值得的人。

是的，他不值得；可是，有些愛情，並不一定值得的。多少年後，你竟然發現，你是曾經深深愛過那個壞蛋的。

愛是善良的，卻不一定聰明。

一天，我問一個男人：「女人想一個男人死，是不是很毒？」

「只是想想罷了，這是人之常情。她不是去殺他，又不是天天詛咒他，那也沒有什麼問題。」他說。

「那麼，男人會想一個女人死嗎？」

「喔，男人不會的。」

「男人的胸襟真是比女人廣闊。」我說。

「我們只會想她變老和變醜，變得任何一個男人也不會愛上她。」他微笑著說。

根本沒得選擇

有時候，不是你愛不愛那個人，而是你根本沒得選擇。

年少的時候，我們總是認為：只要你愛那個人，有什麼是不可能的呢？

你可以為他離家出走，背棄父母。

你可以為他放棄前途。

你更可以為他拋棄另一段感情。

「如果你愛我，你什麼都可以為我做！」

然而，年紀大了，我們才發現，有些事情，不是不能做，而是做不出來。

從前，你會恨那個因為他媽媽不喜歡你而不肯和你結婚的男人。你會哭著罵他：「你愛她還是愛我？」現在，你也許已經明白，這不是愛不愛你的問題。他可以有許多女朋友，但他只有一個媽媽。他是沒得選擇的。

從前，你會為愛情放棄前途，因為你當時的所謂前途，只是一點很小很小的成就。當你擁有的東西愈來愈多，你沒法再為愛情放棄些什麼了。還可以選擇嗎？

從前，你會為一段感情放棄另一段感情。也許，現在已經不容易了。每一段感情都會枯萎。恩恩義義，根本沒得選擇。假如必須要辜負其中一個人，也只好辜負遲來的一個。

美麗而遙遠的信念

你曾否相信，兩個相愛的人是可以排除萬難的？不曾有過這樣的信念，證明你不曾年輕過。可是，如果一直相信的話，也證明你太天真了，你還沒有長大。

年少的時候，有誰不曾堅持過愛是可以排除萬難的？只要我們相愛，便能夠衝破所有的障礙。

我也相信愛可以排除萬難；只是，萬難之後，又有萬難。這是我更相信的。

相愛的時候，你明知道跟他是沒有將來的。然而，你們的愛戰勝了一切，終於有了將來。

以為可以地老天荒，可是，又有萬難。

假如兩個相愛的人永遠不會長大，永遠不進步，永遠不會遇到更好的人，思想也永遠一致，那麼，他們之間，是一點困難也沒有的。可惜，這是不容易的。

當我們再遇到困難時，卻已經失去了從前那份衝破萬難的勇氣。我們無力，也再無鬥志。那一刻，我們多麼懷念從前的自己！

那個相信愛可以排除萬難的你，那個相信愛是無所不能的你，只能夠在記憶中回味那個美麗而遙遠的信念。

不要兌現的承諾

我們總是需要一些誓言和承諾來過日子的。不管當時是否相信，總希望在日久天長的人生裡，想使用這些誓言的時候，的確能夠兌現。

看到一位朋友寫的文章，她說，一天，她腹痛如絞，想起一位朋友說過若有什麼事儘管找他幫忙。於是，她坐了個多小時的車，到他辦公室附近給他掛了個電話，而他只是說了幾句便掛線。

那個承諾並沒有兌現。

舊相識或者是舊情人的承諾，從來也是美麗的，因為我們很少會去兌現。

幸福的人，從來不用去兌現舊愛的承諾，於是，他可以一直相信那是真的。

分手的時候，他說：「我會永遠等你。」

後來，你和另一個人快樂地生活，並不知道他有沒有等你。可我們總是有點自戀的，你會以為他一直在等你。即使他身邊有了另一個人，你也相信只要你回去，他會捨棄身邊的人。

離別的時候，他說：

再也無覓處

有些東西，一旦消逝了，便再也無處尋覓。

消逝了的友誼和愛情，也都是這樣的。你曾經和一位朋友很要好，後來，大家的人生不同了，見面的次數愈來愈少，甚至不再往來了。一天，你忽然想起，你們曾經有一段日子是差不多天天也在一起的呢！今天，即使再見面，也不會像從前那樣無所不談了。原來，人在每一個階段，也有不同的朋友。友情悄悄消散了，也就再找不回來。

愛情何嘗不是這樣。曾經很愛一個人，有一天，不再愛了，各自的生活。然後，你找不到任何愛過他的痕跡。你是根本從來沒有愛過他的吧？大家不是曾經愛得死去活來的嗎？

有一天，你在街上碰見他，你甚至連打招呼也不願意。從前為什麼會愛上這個人呢？一定是那時太年輕、太笨，也太不了解愛情。

曾經渴望與一個人長相廝守，後來，多麼慶幸自己離開了！

曾經付出的深情，再也無覓處。

逝去的願望

你懷抱著多少逝去的承諾？

每一次談戀愛，我們總會聽到「我永遠愛你」這一句諾言。我們一次又一次相信，一次又一次失望。我們以為自己決不會再相信承諾了；可是，下一次，當我們愛上一個人的時候，卻又會為同一句諾言而感動。我們會說服自己，這一次是真的。

然後，希望又再一次落空。

身在愛情之中的人，永遠不肯承認愛情的善變，我們常常會為自己做不到的事情誇下海口。

我們愛得死去活來，也就以為可以地老天荒。當愛情消逝，我們才不得不承認自己當初多麼大言不慚。

愛情的承諾，不過是雙方的願望。

願望，雖然美好，卻是多麼的卑微！

這個卑微的願望，只能依附著愛情而生，也會隨著愛情的改變而改變。

當願望沒法實現，並不是許願的人的錯。他沒有背信棄義，一切也是天意和緣分。

上帝很會擲骰子

假如你現在可以擲一次骰子，重新開始你的人生，你會由幾歲開始擲骰子？是二十五歲、十五歲，還是更早之前，或者更晚的時候？聽到這個選擇，大部分人都會興奮地想一想要回到幾歲重新開始；然後，我們會豁然地說：「我還是不要再擲一次骰子了。」

即使能夠從十五歲開始過另一種人生，而不是今天這一種，也不能保證會比現在快樂，那又何必再來一次？

再擲一次骰子，另一段的人生，同樣會有不快樂，也有痛苦、沮喪和失望。當時我們覺得很難受；今天回頭再望，沒有從前的痛苦，又怎會成長？我們寧願繼續成長，也不寧願重新成長一次。

如果是在遇到他之前，再擲一次骰子呢？那麼，或許不會和這個人開始。從沒開始，也就沒有思念的折磨和離別的痛苦。

可是，我們還是甘心情願放棄再擲一次骰子的機會，即使再擲一次，還是堅持要遇上他。

我們的骰子是上帝擲出的，我們沒可能擲得比祂更好。天意不是我們可以控制的。而命運，是天意與選擇的結合。我們有選擇的自由，也要承受選擇的痛苦。

我們一生一世裡，已經擲過無數次骰子了，實在禁不起再重新擲一鋪大的。

愛裡的嘲諷

想一個人愛你，你用盡許多方法也不一定成功。然而，想一個人離開你，方法好簡單，你只要抓緊機會嘲諷他便可以了。

相處的時候，甚至是甜蜜的瞬間，你也不忘說些滿帶嘲諷意味的說話，只要是這樣，任何一個稍微有點自尊的人也會沒趣地離開。

最厲害的嘲諷，是帶著微笑，用說笑的方式來嘲諷對方。

假如他曾經對你不忠。那麼，你很容易找到嘲諷他的時機。

他沒接你電話，你明知他只是剛剛走開，但你偏偏說：「我還以為你跟別人在一起，所以不方便呢。」

他沒空陪你，你明知他要加班，偏偏說：「其實，你騙我我也沒辦法。誰叫我愛你？我愛你，你便隨便踐踏我的心靈。」

當大家聊起誰比較大方的問題時，你冷笑：「我就是對你太大方了。」

兩個人很溫馨的時候，你忽然說：「我以後也不敢愛別人了，我不想再受苦。現在受的苦，可能是報應，因為我以前對別人不好。」

每次吵架的時候，你也說：「唉！我們還是算了吧！你走出去，隨時可以找到另一個，你又不是沒試過。」

我們都曾經嘲笑別人，一些是我們認識的，一些是我們不認識的。嘲笑那些無關痛癢的人時，我們無須附帶任何感情。嘲諷一個你愛的人，那得要用感情，到頭來兩敗俱傷。可是，人呢，就是有些事情放不下。

借來的男人

女孩子問我怎樣看婚外情。我認為是：

借來的時間，

借來的男人，

借來的女人，

借來的歡娛。

他已經結婚了，再怎麼好，都是屬於別人的。你只是把他借來用，而且還沒有徵求物主的同意。

她已經是人家的太太了，再怎麼可愛，都是屬於別人的。你只是把她借回來。借來的東西，始終不是你的。

借來的東西，終究要還給別人。借來的人，時候到了，就要回家。

你問他：「今天晚上可不可以不回去？」

問的時候，你就知道他無法點頭。

你問他：「我們會有將來嗎？」

借來的時間，哪裡會有將來？

你問他：「你會永遠愛我嗎？」

借來的東西，怎可以永遠擁有？

借來的男人和女人，都是有期限的。無論那段日子多麼快樂，多麼難捨難離，時鐘敲響了，就要把他還給他的家庭。你可以遲一點還，卻不可以不還。借來的歡娛，總有痛苦的代價。

你唯一能夠永遠霸佔著的，只有回憶。

在空中迴轉的走馬燈

聽到一個故事，很想和你分享。如果你聽完這個故事之後有點傷感，那可不是我的責任。

男人告訴我，小時候，每逢中秋節，他爸爸會買一盞很大的走馬燈回家。那盞走馬燈像一把吊扇那麼大。工人把走馬燈掛在天花板上。年紀小小的他，總愛仰頭看著那盞美麗的走馬燈在半空中迴轉。

會做這種走馬燈的老師傅，大概都已經不在人世了。今天，他家裡已經不掛走馬燈。這些年來，他經歷過兩段感情的起跌，第三段感情，是最長也是最深的。他付出最多就是這一次，連他自己也驚訝，像他這麼理性的人，竟然能夠那麼愛一個女人。然而，他漸漸發覺，她離他愈來愈遠。她變了很多，不再是他當初認識的那個女孩子。她和他的想法愈來愈多分歧，他們的夢想也已經不一樣了。

他還是很愛她，她也很愛他；可是，他知道，他們也許會分開。

寂寞的時候，他想起了小時候家裡掛的那盞走馬燈。當他仰頭

和你發生關係

一天，在上海衡山路的茶藝館喝茶，無意中翻開一本雜誌，看到一位女演員的訪問。她說，當她愛上一個男人，即使分手了，她無論如何也要想辦法跟他發生一點關係，譬如是問他借錢。他成了她的債主，兩個人總算是仍然有點關係。這種癡心，真是天可憐見。

愛的反面不是恨，而是冷漠。恨，畢竟也是和對方有點關係；冷漠，卻是斷絕一切。

我不會向分手的男朋友借錢，怕他看不起我。況且，世上又有多少男人會超脫得明白分手的情人向他借錢是捨不得他？

曾經愛過，不已經是一種永遠的關係嗎？其他一切，都是畫蛇添足。

以前太年輕，不懂處理分手，於是，總是認為舊情人是沒可能成為朋友的。今天才發現，只要大家曾經真心付出，只要在分手的時候你曾努力不去傷害對方，要成為朋友，並不是沒可能的。

真正的愛，是相信你愛的那個人也有追求幸福和逃避痛苦的權利。既然我不能讓你幸福，我會放手。我要和你發生的關係，早已經發生了。

往事湮遠，舊愛卻是無可代替的。你可以隨時召喚我，而我也希望我有這個權利。

我們的信鴿

分手之後，仍然勇敢地去參加舊朋友的聚會，仍然跟他的好朋友和家人保持一點連繫，那無非因為這些人是我們唯一的信鴿。

在舊朋友的聚會上，也許會聽到他的消息。期望他仍然是一個人，期望他仍然對你有一點思念。

聽到他有了新戀情，心裡很不是味兒，卻要在人前裝著若無其事。

而你也會故意告訴這些朋友，有好幾個人正在追求你，條件都不錯。即使不談戀愛，你也活得很快樂。

拜託這些信鴿們告訴他，他們最近碰見過你，順便也報告一下你的近況。

信鴿回來之後，也會捎來他的消息。

雖然分開了，但你不願意割捨。偶然，還會約會他媽媽、姐姐或妹妹。她們總是說：

「還是你最好！」

這番說話是安慰，還是衷心的？她們有這樣告訴他嗎？

許多年了，他跟別人一起生活，你也找到了自己喜歡的人。然而，你仍會跟信鴿見面，打聽舊愛的消息。

不壞的舊情人，是蒼茫人世上的一點溫暖。最好是大家都活得不錯吧。有沒有信鴿，已經不重要了。

PART FIVE

愛會重來

情人的卡路里

人大了，最震撼的三個字不是「我愛你」，而是「卡路里」。

十六歲以前，我長得很瘦，從來不擔心會發胖。怕胖和容易變胖，是後來的事。有些東西，明明很想吃，可是看到卡路里那麼高，就不敢吃了。我每天玩划艇機才消耗一百八十卡路里，怎麼負擔得來？

吃東西和戀愛一樣，有時的確需要有不顧一切的勇氣。

愛他是高卡路里的，資不抵債；可是，我就是要吃，管它脂肪與贅肉，將來才減肥吧。

這個世界有我們消費不起的東西，卻沒有消耗不了的卡路里。瘋狂喜歡一個人的時候，我們顧不了那麼多，一往無繼，什麼膽固醇心臟病統統不理。

然後有一天，我們不免坐下來計算得失。原來他的卡路里高得可怕，美味的東西都是陷阱。我們像渴望安定一樣渴望清淡，我再消耗不起那樣的卡路里了。

口腹之欲換來的是兩敗俱傷。愛一個人，追求的是刺激還是平靜？也許各佔一半吧。一天，你赫然發現，你已經很累了，再沒有胃口了，從前為什麼不害怕卡路里呢？

情人的卡路里總是高的，低卡路里的人淡而無味，你才不想要他。眼看自己吸收太多卡路里了，不再年輕了，不再一往無繼了，我們只好宣告投降。

情人的一聲「我愛你」也抵銷不了他的「卡路里」。原來，愛你是我消耗不起的卡路里。

比「我恨你」這三個字更遺憾的是「卡路里」。對不起，我開始嚮往清淡的口味，雖然，我永不會忘記那一頓高卡路里卻又美味的饗宴。

你的分手權

女人說：「是我提出分手的，是我不要他的！」是她不要他，還是他不要她，又有什麼分別呢？

見慣世面的男人，總是會很巧妙地把「分手權」留給女人。是他首先不想要你，但他會把決定分開的權力交給你。表面上是你要分手，事實上，大家也心知肚明。

他開始不理你。周五和周末也不陪你；甚至連續兩三個星期都推說工作太忙而不見你。你還不明白他已經變心了嗎？

大家住在一起，但他近來常常很晚才回家，回家之後便倒頭大睡。他已經一個半月沒有碰你了。你認為這是什麼意思呢？

你們很久沒聊天了。他愈來愈不關心你。說話的時候，他甚至不會望著你。你不是這麼笨吧？他開始對你吝嗇，不捨得陪你去旅行。他開始經常批評你、你的家人和你的朋友，還有你的尊容。

這一切一切，不是已經很明顯了嗎？

「決定權」在他手裡，你只擁有那個聊勝於無的「分手權」。

LAST ORDER

多年前寫的長篇小說，有一個經常出現的場景是Starbucks。為了尋找在Starbucks裡的感覺，喝咖啡會拉肚子的我，在白天去了兩遍，喝的是Frappuccino。後來有一天晚上，我想看看夜裡的Starbucks是什麼氣氛的，那時大概是十一點多鐘吧，我走進銅鑼灣希慎道的Starbucks。店裡擠滿了人，我站在櫃台，猶豫著要喝點什麼，店員微笑等著我，三心兩意的我，一時之間還是沒法作出決定。

就在那一刻，所有店員排成一列，同聲喊道：「Last Order！」

我知道不枉此行了。回去之後，小說裡的其中一段，便是和Last Order有關的。

上館子的時候，我們都聽過服務生說：「現在是Last Order了，你還要點什麼嗎？」可是，從來沒有一聲Last Order像我在Starbucks聽到的那麼震撼我心。

愛情也有Last Order的時刻吧？你要把Last Order留給誰？

拖延著一段已然腐壞的感情，錯過了Last Order，你便永遠失

他都不愛你了

要忘記一個人，也不是沒有方法的。這個方法，包括外在和內在。外在的方法，你和我早就知道了，那就是——時間。無論你是否願意，時間流逝，會讓你忘記一個人。

內在的方法，是不要依戀。

分手之後，持續地想著對方有多麼好，那樣只會讓自己沉淪，愈來愈執著，也依戀得愈來愈深。

他不愛你了，不要再想著他有多麼英俊。他走了，不要再想著他多麼富有。他不在你身邊了，不要再想著他的性格多麼可愛。已經分手了，不要再想著他曾經待你多麼好。

不再執著他的優點，你才可以快點忘記他。也不要執著他對你曾經多麼壞，整天心懷憤恨，你便沒法忘記他。

他再怎麼好，都已經是昨天的事了。

我們無法忘記一個人，往往不是因為對方有多麼難忘，而是因為我們有多麼依戀和執著。

當你執著，連時間也要向你投降。他有什麼好呢？他都不愛你了，他將與另一個人共度餘生。

施捨一個懷抱

女孩說，她和男朋友一起已經好幾年了。近來，他對她很冷淡。約會的時候，他一句話也不說。他仍然會牽著她的手，但他已經很久沒有吻她和抱她了。她投訴了許多次，他依然沉默。終於有一天晚上，她問他：

「我想你抱我和吻我，你可以做得到嗎？」

他想了許久，說：「可以。」

可是，他並沒有這樣做。

她說：「這些事情都是你能力做得到的，請你不要我來求你。」

他的雙臂還是沒有為她張開。

擁抱一個人和吻一個人，並不是能力的問題，而是愛與不愛的問題。

當你不愛一個人，你會吝嗇一個懷抱和一個吻。即使是輕輕的一吻，你也不想再付出了。這樣做，是希望對方知難而退，那你便用不著首先說：「我不愛你了！」然而，對方還是裝作不明白，還是要強人所難。

明年今日，也許不是他

在自己生日的那一天，打電話給已經分手的男朋友，告訴他「今天是我的生日」，然後等他祝福你。這是不是很沒自尊？可是，許多女孩子都曾經有這個衝動。

如果他記得你的生日，根本就不需要你提醒他。既然已經分手，他便沒有義務在這一天陪你。想用自己的生日來逼他跟你見面，這個願望也太卑微了。

即使他願意來，你會快樂嗎？去年今日，你還覺得自己很幸福，現在一切都不同了。他肯陪你，只是可憐你。他不肯來，只是在電話裡客氣的說：「祝你生日快樂。」那你就更難堪了。

當一個男人不愛你，他不會再覺得你的生日有什麼特別。是的，曾經有一年，他花了很多心思給你一個難忘的生日，那份生日禮物，你還好好的保存著。這一切已經過去了。他說：「做人要向前看呀！你會找到一個比我好的男人。」這就是他的祝福。你能厚著臉皮說：「不，我只要你一個。」嗎？

男人的一生，忙著替不同的女人慶祝生日。這是戀人的義務。有的時候，你要珍惜。明年今日，坐在你身旁，跟你一起吹熄蛋糕上的蠟燭的，也許不是他。情盡，義務也盡，沒有任何必要再提醒他，今天是你的生日。

失戀後的一場大病

失戀的日子，時間是最好的治療。只是，等待時間一天一天的過去，不知要等到何年何月，速成的方法，是患上一場大病。

那個病，不是絕症，不需要很大的痛苦，也不會對身體造成永久的傷害。最好的病，是病得頭昏腦脹，整天要躺在床上打針吃藥，一天睡它二十個鐘頭，一旦痊癒了，便可以重新做人。

我們說時間是治療感情創傷的唯一方法，只因我們沒法使自己生病。若失戀後馬上大病一場，也許是福氣。

人是無法在快樂中成長的，快樂使人膚淺。我們在痛苦中成長、蛻變，然後才會更了解人生。假如愛情沒有帶給你痛苦，友情、親情和工作也沒有令你痛苦。那麼，身體也總會給你一些痛苦。

失戀時，你天天以淚洗面，活得像一條殭屍，面色慘白，披頭散髮，差點兒以為自己要死了。忽然來了一場大病，受盡肉體的折磨，你倒寧願用三次的失戀來交換這一場病的折磨。

在病榻中，肉體的痛苦已經蓋過心靈的。無論是已經消逝的愛或無法結合的痛苦，也痛不過身體所受的折磨。在意識迷糊的瞬間，你終於領悟，人是多麼的脆弱，除了健康，一切都不再重要。才病了一個月，光陰卻好像飛快地過了一年。什麼都會流逝，包括愛和承諾。

病，竟是最好的藥。

無論你是否願意——時間流逝——會讓你忘記一個人

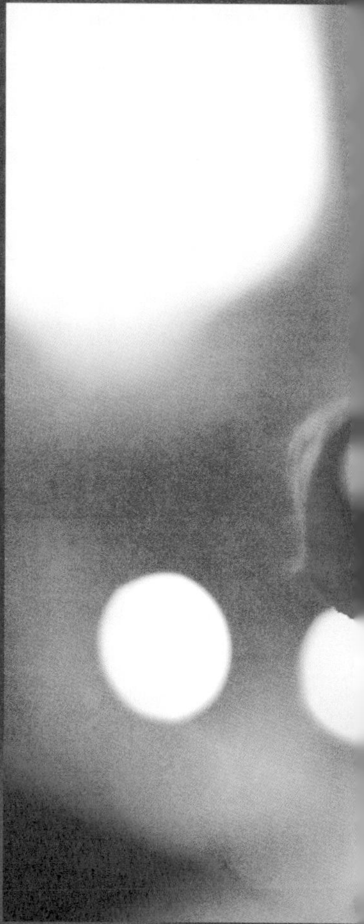

情人的手錶

有一天要分手的話，我會搶走對方身上一樣東西。

我要搶走一個他戴過的手錶。

分手的那天，我會把他心愛的手錶據為己有。那個手錶，要是皮帶的。

為什麼要是皮帶？那樣的話，我可以拿去錶店，請他們為我在皮帶上打洞。他的手腕比我粗，手錶戴在我手上，實在太大了。那沒關係，只要在上面打兩個洞，或者三個洞，那就變成我的手錶了。

它大得跟我的小手不成比例。我天天戴著那個巨大的手錶，哀悼一段消逝了的愛。只有這樣，我才可以欺騙自己說，他和我仍然是咫尺之近的。

只有在洗澡和睡覺的時候，我才會把手錶除下來。在他送給我的禮物之中，沒有一件比得上這最後一件。

一天，他說：

「你可以把手錶還給我嗎？」

好的，我就是等你開口說這一句話。搶走你的手錶時，我多麼

失敗的劊子手

內疚，往往是因為事情在我們意料之外。

提出分手的時候，你問：

「你會恨我嗎？」

他流著淚說：

「我是不會恨你的。」

那一刻，你的眼淚湧出來了。

如果他說：「是的，我恨你！」你反而會好過一點。

說分手之前，你以為他會發瘋，他會糾纏，甚至會掌摑你，然而，他卻平靜地說，他心裡並不恨你。

本來已經決絕地要分手，也準備承受一切的後果，誰知道他是那麼的善良，你忽爾又心軟了。放棄一個這麼好的男人，是不是太可惜呢？

你很想問他：「你為什麼這樣愛我？」可是，你很快便發現，這個問題太愚蠢了。愛一個人，是無話可說的。

在你要分手的時候，他尤其愛你。

他以無限的恩慈來讓你內疚。你本來已經準備要當一個殘忍的劊子手，舉起刀的那一刻，卻忘不了他回眸的淚光。雖然你明白，內疚和愛是不一樣的。內疚是因為過去的感情，你所看到的將來，卻是黯淡的。

可惜，你從來不是第一流的劊子手。第一流的高手，才不會看那垂死的人一眼。

告訴自己不要找你

我們會告訴自己很多事情，比如說：

「這一次，我一定要爭氣！」

「我不可以再這樣！」

「我要減肥！」

我們告訴自己，等於是向自己承諾。告訴自己的事情，不一定會成功。你告訴自己的，無論是要爭氣或是要減肥，即使最後沒有做，大概也不會很難受。

告訴和實踐是兩回事，有些承諾毫無困難，另一些卻是百般艱難。比如說，你告訴自己不要找他。

吵架或者分手之後，無論多麼思念他，你也會跟自己說：

「不要找他！不要！」

不找他，希望他會找你，那代表他愛你和緊張你。可是，等了又等，他還是沒有找你。太可惡了！於是，你告訴自己不要找他。

已經過了很多天，他始終沒有找你。你開始想，你和他其實是應該了結的，來個了結或許更好。再走下去，只會互相憎恨或者互相折磨。無論多麼困難，你告訴自己不要找他。

日復一日，當思念一再從心中升起，你咬著牙警告自己不要找他。就像戒毒一樣，只要熬過這段日子，你便重生了。

你熬過了漫長的等待，熬過了思念的每一刻，以為自己已經不再愛他，他也不愛你了。只是，午夜裡醒來，思念卻像決堤一樣。他為什麼不找你？是否他也如此告訴了自己？

98%死心

女孩說：「我對他已經98%死心了！」

那餘下的2%呢？

不肯100%死心，那2%，是為自己留下，也為他留下的。

等待2%的奇蹟，是多麼的渺茫！可是，死心這回事，不是你要死心便可以馬上死心的。

當愛情腐朽，當那個人一次又一次讓我們絕望的時候，我們已經死去98%的心，本來應該是game over了，然而，我仍舊在我短暫的青春裡撥出2%的光陰等待。

這2%，已是我的全部。

這全部的2%，猶如微弱的燭光，我不知道它什麼時候會熄滅。當身邊的朋友問：「你為什麼還不死心呢？」

我說：「快了，只剩下2%了。」

一天，也許只剩下1%。

可是，死剩1%的心，卻仍然是無可救藥地重。

不是怎樣，是必須

一個女孩子來信問：

「失戀之後，怎樣再建立自信心？」

失戀之後，不是「怎樣」，而是「必須」建立自信心。

他不愛你了，你唯有盡快爬起來。與其坐在那裡思考「怎樣」建立自信心，不如告訴自己，你「必須」有自信，知道了這是「必須」的，你就會想到方法去建立自信心。

生活中，有些事情是「必須」的。

你不是必須要愛一個人。

你不是必須要受委屈。

你不是必須要隨俗。

你不是必須要撒謊。

然而，你是必須愛自己。

你是必須相信自己，尤其是只剩下你一個人的時候。

有一些堅持，是必須的。

你可以只穿某一種風格的衣服。

你認為幸福是必須有某幾個條件——譬如一個家、一碗熱湯、

愈來愈輕盈

同一個人，不會給你兩次相同程度的痛苦。

他第一次離開你的時候，你傷心得要自殺。然而，當他第二次、第三次要離開你的時候，你會傷心，但不會再自殺了。

他第一次向你說謊的時候，你很難過。當他一次又一次向你說謊，你發覺自己沒有第一次那麼難過了。

他第一次傷害你的時候，你哭得很厲害。後來，當他再傷害你的時候，你甚至不會流淚。

他第一次讓你失望的時候，你的世界好像忽然變成灰色了。當他不斷的讓你失望，你開始沒有什麼感覺了。

他第一次背叛你的時候，你的心都碎了。當他第二次、第三次背叛你的時候，那種心痛已經沒有第一次那麼痛了。

一個人可以給你許多痛苦，但沒有一次會是相同的。

在法庭上，一個人不能因同一個罪名而被入罪兩次。在情愛的世界裡，也從來沒有相同的痛苦和相同的快樂。上帝既仁慈也殘忍。痛苦和快樂，都會隨著歲月變得愈來愈輕盈，不像從前那麼重要了。

就是有點可惜

男孩子問：

「當女人和一個男人分手之後，她覺得難過，是因為她仍然愛著他，還是因為其他？譬如他的外表、他的職業、他的錢。」

她覺得難過，當然是因為她愛著他。

他的外表很不錯，他有很好的職業，他很有錢，分手之後，她也將失去這一切，那種感覺不叫「難過」，而叫「可惜」。

是有一點可惜。

他很有前途啊！

他不愁生活，假如跟他一起，她可以過得很好。

外表反而沒那麼重要。

一個女孩在忍痛跟相戀七年的男朋友分手時，也說：「我不知道自己是否很笨，他很有錢，對我很慷慨。和他一起，我可以過著富裕的生活。然而，我真的受不了他一次又一次背叛我。」

分手之後，她不可以再住在他那所漂亮的房子裡，不可以再坐在他的名貴跑車上，也再買不起昂貴的珠寶。

她要重新開始。真是有點可惜，做人，為什麼不可以現實一

不會再遇上

女孩在外國讀書，兩年前她回來香港度假的時候認識了一個男孩子。她和他有很多甜蜜的回憶。只是，他後來又愛上了另一個女孩子。雖然提出分手的是她，傷得最深的也是她。

今年暑假，她又回來香港。不回來還好，重踏這片土地，她每天都渴望自己能在路上碰到他。只要遠遠看到一個好像他的人，她便整個人呆住了。看清楚不是他之後，她又失望得沒法形容。

到她離開的那一天，她還沒有在路上碰見過他。她終於明白，她和他的緣分已經盡了。兩個緣盡的人，是不會再在路上重遇的。

當飛機離開赤鱲角機場，她也告訴自己，要把這個人忘記。他不愛你，你多麼愛他也是徒然的。

對她來說，沒有重遇他，也許是一種運氣。

一旦重遇，她又要花一段時間才能夠把他忘記。一旦重遇，她會以為她和他之間的緣分還未了，還有重聚的可能。

要遇上一個人，好像很困難，也好像很容易。當天能夠相遇，是因為愛情召喚你們。今天沒有遇上，是因為愛情已經消逝了。

留在身上的習慣

我們也許都有過這樣的體會：雖然已經分手了，但是你身上仍然留著他的一些習慣。在過往相處的無數個日子裡，那些特質已經變成你的。

譬如說話的語氣、神態、用來罵人的字眼、喜歡的食物和飲料、作息的時間、看書的品味，以至是最微小的細節，在在都有他的影子，而這一切本來是屬於他的。

人離開了，沒法帶走的是曾屬於自己的習慣。你的習慣，有一部分同樣也留下給他了。

一天，當你無意中做了一個小動作、說了一句話，你才驚訝地發現這是他的動作、他的語氣。當你在餐廳裡點了一份五成熟的牛排，你才想起這是他最喜歡的烹調方式。

有一些東西並沒有逝去，而是永遠的融合了。

這種融合，怎會不唏噓呢？然而，更唏噓的是：分手後的某天，你發覺他的一些習慣已經改變了，不再是從前樣子。

譬如說：你無意中在街上見到他，他開的新車竟然不是他最喜歡的藍色，而是紅色。他是什麼時候愛上紅色的？

或者是：他穿衣的風格跟以前完全不一樣，他是什麼時候喜歡這類衣服的？而你已經沒權知道。

當你打電話給他，他還沒有回家。他從前是很少晚歸的，這個時間通常在家裡。

你可以永遠留住他的一些習慣，但沒法阻止他擁有新的習慣。新的一切，與你再不相干。你的新生活也如是。

就是這一句了

有一句話，放在任何事情後面也行得通，像一個註腳、像一種嘆喟、也像結論。生老病死、喜怒哀樂裡面所有的細微末節，以至最荒誕的事情，都可以用這一句話來作結。愛情裡的一切，也用得上這一句。譬如說：

你愛上不該愛的人。

你愛的人不愛你，你不愛的人很愛你。

你和某人曾經愛得天崩地裂，最後也是分手收場。

你最愛的那個人傷害你至深。

你以為不能沒有那個人，後來才知道有比他好的人。

你以為永不會再愛任何人，轉瞬之間，你已瘋狂愛上別人。

快樂不會永恆，痛苦也不會。

所有的喜劇，後面也可以用這一句話。

譬如說：你填了而沒買的彩票，偏偏中了獎。

所有的偶然，也可以用這一句話來解釋：

你樣子最糟糕的那天，偏偏遇到舊情人。

所有的遺憾，都解釋了這一句：

你無法永遠擁有一樣東西。
你無法跟兩個人廝守終生。
是哪一句話？就是這一句了：這就是人生。

床上的賞味期限

愛情有賞味期限，床笫之間的事，也有賞味期間。曾經多麼纏綿的男女，也有疲倦的一天。

怎麼知道對他而言，你在床上的賞味期限已經到了？是有一點蛛絲馬跡的：

他經常草草了事。

他要一邊看三級片才可以跟你做。

他每晚拖延著不肯上床睡覺，希望你首先睡著。

他一上床便假裝已經睡著。

他經常還未完事已經睡著，更在你身上打鼻鼾。

他常常以工作壓力大或今天很累作藉口，拒絕你的挑逗。

他只為你除去最低限度的衣服，譬如，只脫去你的褲子。

那麼，對她以言，假如她有以下的表現，你的賞味期限也差不多了。

她望著天花板或閉上眼睛，就是不望你。

她已經不會為你穿上漂亮的內衣。

你上床之前，她假裝已經睡著。

告別的方式

你暗戀一個男人很久很久了，他是知道的，但他沒有愛上你。你再也受不住這種苦楚，你要離開了。那麼，我教你一個離別的方式。

你對他說：「我可不可以抱著你一會兒？」

沒有一個男人能夠拒絕女人這樣一個感性的要求。

我只是想抱你一下。

當他臉上流露驚訝和感動的神情，你已經撲在他懷裡，緊緊地摟住他。

天長地久，你盼望的不就是這一刻嗎？

終於可以抱他了，猶似苦盡甘來。

然後，你告訴他，你很久沒有被人抱過了，你已經差點兒忘記了擁抱的滋味。說完了這一句，你可以再擁抱他多一會。

時候到了，便要瀟灑地放手，讓他的體溫逐漸在你懷裡消失。

曾經有一刻，那個人送我上車，告別的時候，我很想說：「我可不可以抱你一下？」我終究還是沒有勇氣說出來。車子緩緩的離開，他在車外，揮手向我道別。他喜歡我，我很想還他一個擁抱。然而，羞於啟齒的，為什麼會是我呢？那一幕，卻悠長地留在我的回憶裡。

總會有終結

從前，我們會問對方：

「你會不會有一天不愛我？」

現在，我們不會再這樣問了。有些問題，你自己心裡有數。

有些答案是你不想聽到的，那麼也最好不要問。

凡事有開始便有終結。為什麼不會完呢？愛情、友情，任何的關係也都如此，只是終結的方式也許不同。

那個終結，或者愉快，或者傷心，或者有遺憾，或者是不歡而散。我們唯一可以做的，就是在關係終結時，盡量讓它終結得漂亮一點。

我們不再相愛了，但依然可以互相關心，不必老死不相往還。

我們的友情不可能像從前一樣了，我們不會再談心事，但是，我們也用不著絕交。

我們之間的曖昧要完了，那不代表我們以後變成陌路人。我有我愛的人，不可能要你等我。你有你的人生，不可能為我捨棄其他機會。我知道你不會再像從前那樣對我了，那會使你太痛苦。但我們之間，並不是就此了斷。曖昧關係的終結，可不可以是友情的開始？當然，有一天，它又會終結。開始的時候，我們就知道，總會有終結。

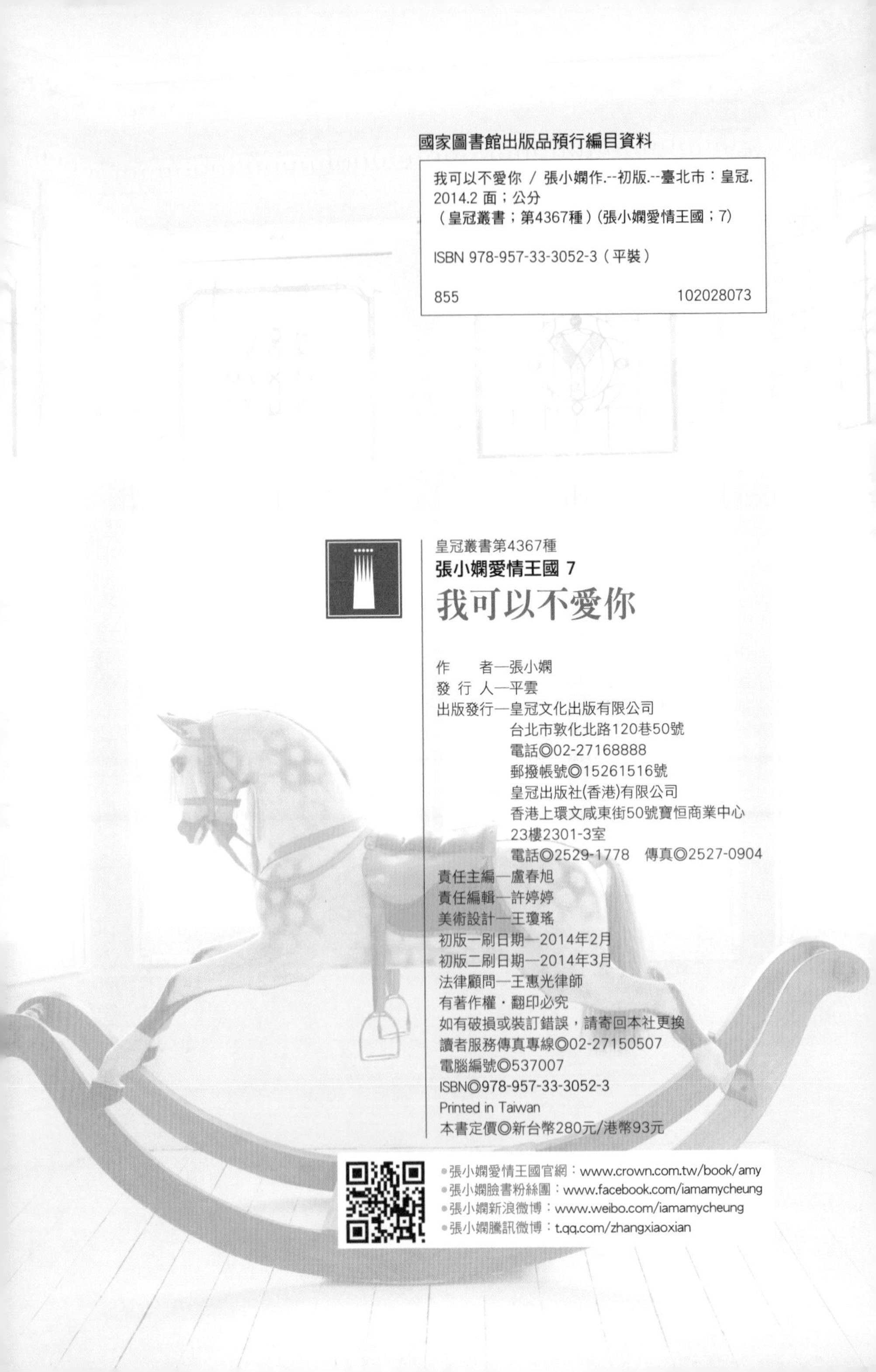

國家圖書館出版品預行編目資料

我可以不愛你 / 張小嫻作.--初版.--臺北市：皇冠.
2014.2 面；公分
（皇冠叢書；第4367種）（張小嫻愛情王國；7）

ISBN 978-957-33-3052-3（平裝）

855　　102028073

皇冠叢書第4367種
張小嫻愛情王國 7

我可以不愛你

作　　者—張小嫻
發 行 人—平雲
出版發行—皇冠文化出版有限公司
台北市敦化北路120巷50號
電話◎02-27168888
郵撥帳號◎15261516號
皇冠出版社(香港)有限公司
香港上環文咸東街50號寶恒商業中心
23樓2301-3室
電話◎2529-1778　傳真◎2527-0904
責任主編—盧春旭
責任編輯—許婷婷
美術設計—王瓊瑤
初版一刷日期—2014年2月
初版二刷日期—2014年3月
法律顧問—王惠光律師

讀者服務傳真專線◎02-27150507
電腦編號◎537007
ISBN◎978-957-33-3052-3
Printed in Taiwan
本書定價◎新台幣280元/港幣93元

皇冠60週年回饋讀者大抽獎！
600,000現金等你來拿！

參加辦法 即日起凡購買皇冠文化出版有限公司、平安文化有限公司、平裝本出版有限公司2014年一整年內所出版之新書，集滿書內後扉頁所附活動印花5枚，貼在活動專用回函上寄回本公司，即可參加最高獎金新台幣60萬元的回饋大抽獎，並可免費兌換精美贈品！

●有部分新書恕未配合，請以各書書封（書腰）上的標示以及書內後扉頁是否附有活動說明和活動印花為準。
●活動注意事項請參見本扉頁最後一頁。

活動期間 寄送回函有效期自即日起至2015年1月31日截止（以郵戳為憑）。

得獎公佈 本公司將於2015年2月10日於皇冠書坊舉行公開儀式抽出幸運讀者，得獎名單則將於2015年2月17日前公佈在「皇冠讀樂網」上，並另以電話或e-mail通知得獎人。

抽獎獎項

60週年紀念大獎1名：獨得現金新台幣60萬元整。

●獎金將開立即期支票支付。得獎者須依法扣繳10%機會中獎所得稅。●得獎者須本人親自至本公司領獎，並於領獎時提供相關購書發票證明（發票上須註明購買書名）。

讀家紀念獎5名：每名各得《哈利波特》傳家紀念版一套，價值3,888元。

經典紀念獎10名：每名各得《張愛玲典藏全集》精裝版一套，價值4,699元。

行旅紀念獎20名：每名各得deseño New Legend尊爵傳奇28吋行李箱一個，價值5,280元。

●獎品以實物為準，顏色隨機出貨，恕不提供挑色。
●deseño尊爵系列，採用質感金屬紋理，並搭配多功能收納內襯，品味及性能兼具。

時尚紀念獎30名：每名各得deseño Macaron糖心誘惑20吋行李箱一個，價值3,380元。

●獎品以實物為準，顏色隨機出貨，恕不提供挑色。
●deseño跳脫傳統包袱，將行李箱注入活潑色調與簡約大方的元素，讓旅行的快樂不再那麼單純！

詳細活動辦法請參見
www.crown.com.tw/60th

主辦：皇冠文化出版有限公司
協辦：平安文化有限公司
平裝本出版有限公司

皇冠60週年集點暨抽獎活動專用回函

請將5枚印花剪下後，依序貼在下方的空格內，並填寫您的兌換優先順序，即可免費兌換贈品和參加最高獎金新台幣60萬元的回饋大抽獎。如遇贈品兌換完畢，我們將會依照您的優先順序遞換贈品。

●贈品剩餘數量請參考本活動官網（每週一固定更新）。所有贈品數量有限，送完為止。如贈品兌換完畢，本公司有權更換其他贈品或停止兌換活動（請以本活動官網上的公告為準），但讀者寄回回函仍可參加抽獎活動。

1. ________ 2. ________ 3. ________

●請依您的兌換優先順序填寫所欲兌換贈品的英文字母代號。

1 2 3 4 5

□（**必須打勾始生效**）本人________（**請簽名，必須簽名始生效**）同意皇冠60週年集點暨抽獎活動辦法和注意事項之各項規定，本人並同意皇冠文化集團得使用以下本人之個人資料建立該公司之讀者資料庫，以便寄送新書和活動相關資訊。

我的基本資料

姓名：________

出生：____年____月____日　性別：□男　□女

身分證字號：________（僅限抽獎核對身分使用）

職業：□學生　□軍公教　□工　□商　□服務業

□家管　□自由業　□其他

地址：□□□□□ ________

____

電話：（家）________　（公司）________

手機：________

e-mail：________

□我不願意收到皇冠文化集團的新書、活動edm或電子報。

●您所填寫之個人資料，依個人資料保護法之規定，本公司將對您的個人資料予以保密，並採取必要之安全措施以免資料外洩。本公司將使用您的個人資料建立讀者資料庫，做為寄送新書或活動相關資訊，以及與讀者連繫之用。您對於您的個人資料可隨時查詢、補充、更正，並得要求將您的個人資料刪除或停止使用。

皇冠60週年集點暨抽獎活動注意事項

1. 本活動僅限居住在台灣地區的讀者參加。皇冠文化集團和協力廠商、經銷商之所有員工及其親屬均不得參加本活動，否則如經查證屬實，即取消得獎資格，並應無條件繳回所有獎金和獎品。
2. 每位讀者兌換贈品的數量不限，但抽獎活動每位讀者以得一個獎項為限（以價值最高的獎品為準）。
3. 所有兌換贈品、抽獎獎品均不得要求更換、折兌現金或轉讓得獎資格。所有兌換贈品、抽獎獎品之規格、外觀均以實物為準，本公司保留更換其他贈品或獎品之權利。
4. 兌換贈品和參加抽獎的讀者請務必填寫真實姓名和正確聯絡資料，如填寫不實或資料不正確導致郵寄退件，即視同自動放棄兌換贈品，不再予以補寄；如本公司於得獎名單公佈後10日內無法聯絡上得獎者，即視同自動放棄得獎資格，本公司並得另行抽出得獎者遞補。
5. 60週年紀念大獎（獎金新台幣60萬元）之得獎者，須依法扣繳10%機會中獎所得稅。得獎者須本人親自至本公司領獎，並提供個人身分證明文件和相關購書發票（發票上須註明購買書名），經驗證無誤後方可領取獎金。無購書發票或發票上未註明購買書名者即視同自動放棄得獎資格，不得異議。
6. 抽獎活動之Deseno行李箱將由Deseno公司負責出貨，本公司無須另行徵求得獎者同意，即可將得獎者個人資料提供給Deseno公司寄送獎品。Deseno公司將於得獎名單公布後30個工作天內將獎品寄送至得獎者回函上所填寫之地址。
7. 讀者郵寄專用回函參加本活動須自行負擔郵資，如回函於郵寄過程中毀損或遺失，即喪失兌換贈品和參加抽獎的資格，本公司不會給予任何補償。
8. 兌換贈品均為限量之非賣品，受著作權法保護，嚴禁轉售。
9. 參加本活動之回函如所貼印花不足或填寫資料不全，即視同自動放棄兌換贈品和參加抽獎資格，本公司不會主動通知或退件。
10. 主辦單位保留修改本活動內容和辦法的權力。

寄件人：

地址：□□□□□

請貼郵票

10547 台北市敦化北路120巷50號

皇冠文化出版有限公司　收